ETTA AND OTTO AND RUSSELL AND JAMES

寻海记

EMMA HOOPER
［加拿大］艾玛·霍珀 著
李静 译

目录

1. 告别.............1

2. 未知.............5

3. 远方.............17

4. 尘埃.............39

5. 相遇.............53

6. 勇敢.............79

7. 世界.............98

8. 瞬间.............122

9. 足迹.............146

10. 心跳...........165

11. 执念 183

12. 流浪 210

13. 极限 221

14. 同类 245

15. 自己 256

16. 逆风 270

17. 伤痕 288

18. 时光 325

19. 天空 335

20. 永远 342

1. 告别

奥托：

蓝色的墨水，寥寥几行字：

我走了。我从未见过大海，我想去看看。别担心，我把卡车留给你了。我可以步行。我会尽量记得回来。

永远爱你的埃塔。[1]

信的下面压着一摞食谱卡片，上面记下的都是她经常做的食物。卡片是用蓝色墨水笔书写的。有了它们，即使她不在家，他也不会饿到自己。奥托坐到桌子旁边，慢慢地整理卡片，一张挨着一张摆

---

[1] 本书作者在创作时，特意在主人公埃塔和奥托之间的往来信件署名后加上了句号，这是为体现奥托所写信件的真实状态，而埃塔模仿了奥托的这一行为。本书第178页有相关描述。——编者注

放整齐。他想穿上外套和鞋子到外面去找她，问问邻居们有没有看到她朝哪个方向走的，但最后他放弃了这个念头。他坐在桌子旁，紧盯着信和卡片。手抖得厉害，他只好把双手握在一起，希望自己能快点平静下来。

过了好一会儿，奥托站了起来，找出了家里的地球仪。地球仪的正中央有一盏小灯，可以透过经度和纬度把整个球照亮。他打开小灯，熄灭了厨房里的灯，然后把它放在桌子另一端，离信和卡片远远的另一端。他用手指在地球仪上慢慢地画出一条线。哈利法克斯。如果她选择向东走，那就意味着要跋涉三千两百三十二公里；如果向西朝温哥华走，只有一千两百零一公里。但奥托知道，她一定会向东走。他感到胸膛上的皮肤随着心跳加剧而绷得紧紧的。他注意到放在前面壁橱里的来复枪不见了。时间还早，还要一个小时太阳才会冒头。

* * *

奥托共有十四个兄弟姐妹，算上他，家里有十五个孩子。有一年流感来袭，久久不肯退去；土地干涸，连河岸边都被翻了个底朝天；这让农夫的妻子们尝尽了丧子之痛。五个怀孕的，一般只能存活三个，这三个婴儿中能顺利长大成人的只有两个。然而大部分的农夫妻子们依然不停地怀孕，一转眼，窈窕女郎变成了臃肿的妇人。奥托的母亲也不例外，一个美人，总是大着肚子。

其他的农夫和妻子们对她一直心存提防。有人诅咒她，有人祝福她。邪恶，大家在背地里议论纷纷。因为奥托的母亲，格蕾丝，从未失去过孩子。一个也没有。每次怀孕她都顺利地产下了婴儿，每个婴儿都健康地长大了。这群穿着灰不溜丢的睡衣的孩子们总是悄悄地倚靠在卧室门口，有的怀里抱着小婴儿，有的相互拉着手，默默地听着里面传来的呻吟声。

〜

埃塔的成长环境和奥托完全不同，她只有一个姐姐——阿尔玛，她的头发漆黑发亮。她们生活在城里。

有一天，放学之后，晚饭之前，埃塔对姐姐说：我们来扮修女吧。

为什么要扮修女？阿尔玛一边帮埃塔编头发一边问道。埃塔的头发总是乱蓬蓬的，就像牛毛一样。

埃塔不时地会想起住在城边的修女。她们像神圣的幽灵一般穿梭在店铺和教堂之间，有时候还会去医院。她们总是穿着干净的黑白长袍。她低头看了看自己的红色鞋子，上面的蓝色搭扣松在一旁。因为她们很漂亮，埃塔这样回答。

不，埃塔，阿尔玛告诉她，修女们才不能漂亮呢，也不能冒险。大家都应该对修女们视而不见。

可我不会。埃塔说。

不管怎样，阿尔玛继续说道，我是要结婚的，你也一样。

不。埃塔说。

也许吧，阿尔玛说道。她弯下腰来，帮妹妹把鞋子扣好。那么，她问，冒险的事怎么办？

你可以在成为修女前冒险。

然后就必须停下来？阿尔玛问道。

你必须停下来。

2. 未知

那天早晨，埃塔最先路过自家的土地。天还早，如果有露水的话，麦秆上一定还挂着晶莹的露珠。可惜只有尘土，温暖而干燥的尘土拂过她的双腿。没过多久，她就把自家田地抛在了后面。她的双脚甚至还没和靴子磨合好就已经走了两公里。接下来就到了拉塞尔·帕尔默的地盘。

埃塔不想让奥托看到自己离开，所以才选择这个时间悄悄离去。对拉塞尔，她却毫不在意。因为即使他想，也根本不可能追上自己。

拉塞尔家的土地面积比埃塔家的多五百英亩，房子也更高。不过只有他一个人住，而且大部分时间他都不待在房子里。此刻，他站在自家的早稻中央四下张望，这里恰好在他的房子和田地边缘的正中间。十五分钟之后，埃塔走到了他身旁。

今天早晨有没有什么收获，拉塞尔？

和平常一样，没什么。

没什么?

没什么值得关注的。

拉塞尔正在寻找小鹿的踪迹。他年事已高,只能雇人帮忙种地。而他则专心地寻找小鹿。每个日出或日落前,他总会在地里待上一个小时左右。偶尔会有一只小鹿经过,不过绝大多数时候,他都失望而归。

好吧,我想是除你之外没什么。也许是你把它们都吓跑了。

有可能,我很抱歉。

拉塞尔说话的时候紧盯着埃塔,从上到下,从左到右。听到这话,他停下了打量,只是目不转睛地看着她。

你很抱歉?

我指的是小鹿,拉塞尔,只是小鹿而已。

你确定?

很确定。

哦,好吧。

我要继续朝前走了,拉塞尔,希望你能看到小鹿。

好,祝你愉快。代我向奥托问好。还有那些你可能会看到的小鹿。

当然,祝你度过愉快的一天,拉塞尔。

你也一样。他缓缓拉起她那布满皱纹的手,轻轻吻了一下。然后他握着那只手,让它在自己唇边逗留了几秒钟。只要你需要,我会立刻出现在你身边。他深情地说。

我知道。埃塔回答他。

好吧,那再见了。

他没有问,诸如你要去哪里或者为什么要离开之类的问题。他只是转过身继续朝小鹿可能出现的地方望去。而她也继续向着东方走去。她的包、口袋和手里都放着不少东西:

四套内衣

一件暖和的毛衣

钱

一沓纸,大部分都是空白的,只有两张上面写着东西——一张写着地址,一张写着名字

一支钢笔

一支铅笔

四双袜子

若干邮票

饼干

小面包

六个苹果

十根胡萝卜

巧克力

水
装在塑料袋里的地图
奥托的来复枪，里面装着子弹
一个小小的鱼头骨

* * *

六岁的奥托正在仔细地检查铁丝网,看上面是否有狐狸能钻进来的小洞。他以自己的拳头为参照,只要是比他拳头大的洞口,无论在地下还是高高在上,狡猾的狐狸都可以钻进去。所以,每看到一个空隙,他就把自己的拳头轻轻地塞进去,佯装成一只狐狸,小鸡们总是被吓得四下逃窜。不过这个游戏必须要威利不在场时才能玩,他的任务是给小鸡喂食。这一天,威利没有和奥托在一起。铁丝网内的小鸡们都惊恐不已,而奥托则很享受这种当狐狸的乐趣。他把大拇指绕在拳头前面,一张一合,就像嘴巴一样。我是狐狸,让我进去,他把拳头轻轻地塞进去,那手指动得却很有力量,真的很像狐狸的嘴巴。我很饿,我要吃了你们。奥托确实很饿,他总是饿着肚子。有时候他会忍不住偷几粒小鸡吃的谷子塞到嘴里,嚼起来很不错。当然只能是趁威利不在的时候。

整个铁丝网只剩下半边还没有检查,这时,三岁半的维妮摇摇晃晃地走了过来,她光着上身,只穿着一条牛仔裤。早起的时候,奥托给她套了一件衬衫,可是天气太热,她自己把上衣脱掉了。吃晚饭了,她喊道。她站的地方不远也不近,这样既能让他听到她的话,也不用担心小鸡啄到自己。奥托,她又重复了一遍,吃晚饭的时间到了。说完她就转身离开了,她还要去喊格斯,这就是她的工作。

除了名字以外，奥托家的孩子们还有各自的代码，以便很容易地找到彼此。玛丽是一号，克拉拉二号，阿莫斯三号，哈丽特四号，沃尔特五号，威利六号，奥托七号，依次类推。一号玛丽是最年长的，这个编号法也是她的主意。

一号？在。

二号？在。

三号？到。

四号？到。

五号？到了，到了。

六号？到。

七号？有。

八号？在。

九号？有！

大家总会准时出现，没有人愿意错过晚餐或者午餐。

奥托的妈妈开了口，那么，大家都到齐了，都洗手了没有？

奥托小鸡啄米似的拼命点头，他的手的确洗干净了，他真是饿坏了。其他孩子也都点了头。维妮的手很脏，这一点大家都知道。不过她也点头了。

那就行，妈妈说。她手里拿着一个长柄勺，正好抵在滚圆的肚子旁，汤来了！

听到这话，大家争先恐后地朝桌子涌去，迅速找到自己的座位。

不过今天却没有奥托的位子，确切地说，奥托一直坐的位子已经被别人占了。一个陌生的男孩，不是他的兄弟。奥托盯着他看了一会儿，然后把手伸到他面前，一下子把勺子拿走了。

这是我的。奥托说。

好的。男孩顺从地说。

奥托又一把将餐刀拿了过来，这也是我的，他说。还有这个。最后他把空碗也抢了过来。

好的。男孩还是没多说什么。

这样一来，奥托反而不知道该如何应对了。他只好呆呆地站在椅子后面，紧抓着手里的餐具，竭力让自己不哭出来。他知道家里的规矩。孩子们之间的小纠纷是不能拿去烦扰父母的，除非流了血或涉及动物。奥托的妈妈抱着罐子和勺子过来了，一个接一个地分发食物。奥托没有吭声，只是默默地流着眼泪，等着妈妈给自己食物，而那个男孩则直愣愣地看着前方。

奥托的妈妈正给孩子们盛汤，每人一勺，倒进碗里。一个接一个，突然，她停了下来。

你不是奥托。

我不是。

我是奥托，我在这里。

那他是谁？

我不知道。

我是隔壁家的，我好饿，我叫拉塞尔。

可是帕尔默家没有孩子。

我是他们的侄子，唯一的侄子。

奥托的妈妈又顿了一下，不过她很快就喊道：二号克拉拉，再到橱柜里拿一个碗来。

* * *

在此之前,拉塞尔和父母一直居住在萨斯卡通城里。拉塞尔的父亲在市中心开了一家百货商店,各种商品应有尽有,扳手、柠檬糖,还有成匹的印花棉布。五个星期前,城里的银行宣布破产,并在报纸上刊登了公告,通知那些尚不知情的人。三个星期前,拉塞尔的父亲突然变得脸色苍白,然后是头晕,不得不坐下来,不久之后就只能躺着,最后开始不停地全身出汗。拉塞尔只能不断地从厨房里端冷水给他。他找出家里最大的青铜水罐,装满水后,小心翼翼地爬上楼梯,即使隔着水罐,他依然能感觉到水的冰冷。他缓缓地走进卧室里,来到父亲床前。起先只有他一个人,没过多久,医生来了,又过了几天,牧师也来了。母亲忙活着做饭以及填写一大堆该死的书面材料。然后到了两周前,当拉塞尔正抱着第十二罐水,刺骨的冰水紧贴着他的胸和肚子时,他的父亲放弃了最后的努力,死了。母亲叹了口气,换上一件有着硬邦邦的花边领子的黑色衣服。葬礼结束之后,她关了店铺,打算去里贾纳做打字员。

拉塞尔和母亲一起上了火车,不过他们的目的地却不同。这是拉塞尔第一次坐火车。田野里瘦骨嶙峋的奶牛从眼前一闪而过。拉塞尔想把身体探到窗外,睁大眼睛,任由大风把自己眼中的泪水吹干,可惜车窗都是紧闭着的。他只好用手指来回摆弄着母亲的衣领,顺着蕾丝花边绕来绕去,眼中噙满了泪水。大概走了一半的路程,火车靠站了，拉塞尔不得不下了车，而妈妈还要继续前往里贾纳。你会喜欢那个农场的，她说，那里更好。

好的。拉塞尔说。

那里真的更好。她又一次强调。

好的。拉塞尔还是这句话。

我很快就会来看你的。她又补充道。

好的，我知道。他说。

拉塞尔的姑姑和姑父已经等在站台上了。他们手里拿了一个小标牌，那是从牛奶箱上剪下来的。上面写着：欢迎回家，拉塞尔！虽然尝试了很多年，但他们一直没有自己的孩子。

那一年，埃塔也是六岁。整整一年，老天没有下过一滴雨。这是很反常的，也很糟糕。但更糟糕的是，到了冬天，也没有一片雪花落下。转眼又到了一月，她走到城外，穿过繁茂的草地，一切看起来如同夏天一般，没有霜冻，没有雪花。不过当你去触碰那些草秆，或者有小鸟想在上面落脚时，你会发现那些看起来生机勃勃的绿草已经被冻得脆脆的，然后立刻支离破碎。阿尔玛带埃塔来到小溪边，准确地说，是曾经的小溪边。发白的鱼骨架沿着干涸的河床一字儿排开。如果有甲虫或蠕虫将那些骨架钻空，她们就会把它们带回去做成项链。当然，鱼的头骨上本身就有不少小洞，不过，阿尔玛不喜欢佩戴它们。

它们一旦接触到你的身体就能复活，她说，然后就会开始说话。不要拿它们。

好的。埃塔说。不过趁阿尔玛看向别处时，她赶紧把一些小的头骨塞进自己的手套里，她蜷着手指，这样从外面就看不出来了。

你的耳朵冷吗？阿尔玛问道。

有一点儿。她说谎了。其实一点儿都不冷。她把撑变形的手套放在耳边是为了听听有没有鱼头骨的说话声。她想知道自己的手指能不能把它们唤醒，让它们开口说话。那天的风很大，当埃塔用手指紧紧压住那些头骨时，似乎真的听到了窃窃私语声。

鱼说的是什么语言?

阿尔玛找到了一副几近透明的肋骨,真是太美了。她正专心地拂去上面的尘土,听到埃塔的问题,她也没有抬头。可能是法语,她回答,就像奶奶说的语言。

埃塔再次把手套放在耳旁,悄声问道:我应该去做修女吗?

一阵风吹过,手套里传来了回声:Non,non,non[1]。

---

1 法语,译作"不,不,不"。——编者注

3. 远方

埃塔一边走路一边唱着歌儿，那些歌词她一辈子也忘不了。

> 我们坐在平原上望向远方
> 为什么雨水听不到我们的渴望
> 天上传来了加百利[1]的号声
> 他说，雨水啊，她一定会把你们造访。

她绕开主路，穿行在早春的田地间。她知道农夫们不喜欢她这样。可是走在路上，每一个过路的司机都会停下来打招呼，问一些诸如你要去哪里，你要干什么之类的问题。因此她选择从田间穿过，不过她会尽量避免踩坏庄稼。四周空旷无人，只有零星的几头奶牛，她可以肆无忌惮地放声高歌。

1　替上帝把好消息告诉世人的天使。——译者注

她在豪得法斯特的咖啡馆休息站停了下来，该吃点东西了。这里跟她上一次和阿尔玛一起来的时候完全不一样了：桌子变了，椅子也变了，不再有那么多的浓墨重彩，也更加干净了。除了服务生和收银的男孩之外，没人注意她是什么时候来的，也没人关注她的离开。

埃塔吃了三个卷心菜卷、两片黄油白面包和一份蛋黄派。临走之前，她又买了十袋番茄酱和八袋开胃小菜，把它们一股脑儿地塞到外套口袋里。小菜里有蔬菜和糖分，番茄酱里是水果和糖。到了关键时刻，它们能够帮助你渡过难关。

天色渐渐暗了下来，绿色的庄稼越来越少，地上的沙子却越来越多，到最后完全变成了沙地。当最后一抹晚霞从地平线上消失时，埃塔停下了脚步。不远处有一个湖泊，她朝着堤岸走去，但没有靠得太近，以防被翻滚的波浪打湿。当然，在去哈利法克斯的路上一定会遇到很多障碍。她知道安大略境内河流湖泊星罗棋布，不过并没有想到这么快就遇到一个。她在沙滩上坐了下来，离潮湿的水边还有几米的距离。这种感觉真的很惬意，她在思考是否可以游过去。不过事先必须对很多问题进行估算，比如消耗多少能量，在不停歇的情况下能游出多远，等等。她躺在沙滩上，耳畔伴着波浪拍打湖岸的声音，这真是一种新奇的体验。她闭上了眼睛。

哦，天啊，那个人好像死了。

不。

有可能。

好吧，你要去看看吗？

你要和我一起。

当然。

我爱你。

我也爱你。你看，她没死，还有呼吸呢。

我听说有人死后也会呼吸。

什么？尸体也会呼吸？

是的。

不可能。

也许吧。

不可能。

埃塔被脚步声吵醒，他们正踩着沙子向她走来。而埃塔依然没有睁开眼睛，她把呼吸调得很轻很轻，专心地听着周围的动静。她的身躯深深地埋在沙子里，这种睡法真不错。一颗颗沙粒随着她的呼吸不停地滚动着，时而散开，时而聚拢。她想：如果我睁开眼睛，他们一定会问我是谁。可是如果我不睁开眼睛，他们会以为我死了，说不定还会报警。她不停地思量着，希望能找出更好的应对办法。当然，她依然没有睁开眼睛，静静地感受着沙子紧贴身体的感觉。

屁股好累，夜深了，波涛声，轻柔的微风，一头黑发的姐姐，城里的房子，信纸，白纸。

那对小情侣还在叽叽咕咕地说个不停，她的思绪完全被扰乱了。她闭上眼睛，把手伸向外套口袋，在一堆餐厅的打包袋中不紧不慢地摸索着。这一动，引的身上的沙子纷纷向下滑落，还好，动静不算很大。终于摸到了。那是一张折叠好的纸片。她把它拿出来，慢慢地打开。他们一定看出了我是个大活人。他们要不是在等待，要不就是被我吓到了。她终于睁开了眼睛，四周一片昏暗，她不得不把纸条凑到自己眼前。上面写着：

你是埃塔·格洛丽亚·肯尼科，来自鹿谷农场，到八月份满八十三岁。

埃塔·格洛丽亚·肯尼科，她喃喃自语，好，行了，好了。

我没有死，她对着旁边那对紧盯着自己的年轻情侣说，我叫埃塔·格洛丽亚·肯尼科，人死了之后是不会有呼吸的。

哦，天啊！我的意思是，太好了！你好！男孩兴奋地和她打招呼。

听到没有？我就说嘛！女孩得意地说。

你还好吗？男孩问道。

好，好，我很好。

哦，那就好，太好了。

……

……

你需要我们把你送回家吗？

我不回家。所以，谢谢你的好意，不用了。

你没有家吗？

乔治！

好吧，她看起来不像是无家可归的人。

我不是没有家，我只是不回家。

那你要去哪里啊？

东边。

那你必须经过拉斯特山湖。

我可以绕过它。

但那样的话，就太远了。

我不知道，可能吧。

真的很远，我们小屋里有张地图，真的很远。

……

……

嗨，需要我们把你扶起来吗？

这对年轻人是莫莉和乔治，他们刚从一个派对中抽身出来。他们的策略是一个先悄悄地离开，七分钟之后，另外一个再偷偷地溜走。然后两个人到兰伯特小渔屋后面一百米左右的沙滩上碰头。半个小时后,他们走在回派对的路上,遇到了埃塔。他们把埃塔扶起来,帮她拂去肩膀和腿上的沙子,接下来他们就要离开了。阵阵海风吹过,弥漫着晒干的黄鲈鱼网的味道,他们的前胸后背上还残留着一道道网线的痕迹。

嗨,你知道吗?莫莉突然有了个主意。

知道什么?乔治问道。

知道什么?埃塔也问道。

你应该和我们一起,去参加那个派对,和我俩一块儿。

真的吗?乔治不大相信自己的耳朵。

真的吗?埃塔也是。

当然!莫莉一边说一边挽住埃塔的手臂,拖着她朝那片灯光和喧嚣走去。

亲爱的奥托：

现在我正坐在船上。虽然只是一艘又小又不值钱的充气船，但感觉很不错。

我不知道还能不能把这艘船还给它的主人，也不知道该如何还给她们。昨天晚上我在拉斯特山湖西岸的篝火边遇到了一个男孩，这艘船属于他的那对双胞胎妹妹。我和那个男孩一起参加了一个派对。派对上的一个女孩说我很像她死去的奶奶，我回答她说我可不是谁的奶奶，也没有死。她说这最好不过。

我用的船桨是在沙滩上捡到的，我们不知道它的主人是谁。我猜那对姐妹花从没想过把船开到远处，所以也就用不到船桨。

当我横渡过拉斯特山湖后，我会把船桨放回船上，然后把小船推回湖里，再留下一张纸条：这艘小船属于麦克法伦姐妹，而船桨的主人身份不明。纸条我已经写好了，写在一张餐巾纸上。当然我还有真正的纸（就像这张一样），不过我不舍得用它们。

除了船和桨，那些孩子还给了我两瓶啤酒和半袋黑麦。他们说感冒的时候派得上用场，真是一群不错的孩子，他们中间有不少对情侣。

别忘了戴帽子，还有吃菠菜。

你最亲爱的埃塔。

五天之后，奥托收到了这封信。当时他正在擦拭炉灶，一边擦一边盯着旁边那张泛黄的食谱卡片——

　　必需品：
　　小苏打和水。

　　操作说明：
　　喷洒，等待，擦拭。

　　奥托收到信的时候是埃塔离开的第七天。埃塔走后的第一天，奥托装作没事似的走到庄稼地里，可总是忍不住回头朝家里望去，就像拉塞尔寻找他的小鹿那样。
　　剩下的几天，奥托就在旁边的花园或房子里忙活着。每当想起埃塔，他的内心总会感到一阵疼痛，只好日复一日地去翻花园里的土，把耙子的一根根锯齿整好。但他一直都没有去播种，什么菠菜、胡萝卜、小萝卜，都没有，直到埃塔到达马尼托巴省。

* * *

　　作为生长在农场里的男孩子,奥托必须为父母分担一些工作。晚餐前的任务是检查铁丝网。晚餐之后,他还要去寻找石头。这个任务也要用到他的拳头。比拳头小的石头通通丢掉,比拳头大的石头装到身后的面粉袋里。当袋子满到快要拖不动时,他就把石头倒进自己家与帕尔默家的分界渠里。他们把它称作岩石谷。每到星期天,如果没什么事情要做,奥托就会和兄弟姐妹们,现在又多了一个拉塞尔,来到这里玩危险旅程的游戏。如果碰到一块石头大得搬不动,他会大声呼叫,或者跑回去喊四号哈丽特或五号沃尔特来帮忙。哈丽特和沃尔特也有自己的任务,他们要用水淹死地鼠。那些该死的地鼠总是喜欢在农场的地下钻来钻去。由于也要在田间劳作,他们的手臂都健壮无比,能轻而易举地搬起大石头。当然,大部分情况下奥托都能胜任自己的工作,尤其是现在他又多了一个助手拉塞尔。拉塞尔比奥托小五个月,因此奥托的妈妈叫他七点五号。她说:欢迎你来我家吃饭,七点五号,你放心,我不会介意的。我知道你一个人在家很孤独。不过在这里,你也要分担家务,行不行?

　　好的。拉塞尔说,他似乎有点害怕。不过奥托很高兴,即使这意味着他要多一个小尾巴,或者说是绊脚石。

　　难道你姑姑和姑父不给你安排农场上的活儿吗?奥托一边问一边不忘用眼睛在地上来回扫视,这是他寻找石头的标准动作。拉塞尔走在他的后面，以防有遗漏。今天是他加入寻找石头组合的第六天。

不，拉塞尔说，他们不相信孩子能干好农场的活儿，总担心会伤到人。

嗯，那你打算如何学习自己经营农场呢？

我不知道以后会不会经营农场，再说了，我还要上学。拉塞尔说。

两个人一前一后地走着，中间隔着一段距离，因此必须半喊着说话对方才能听到。不时地会有一阵阵风把田间喷洒的农药卷得老高，吹到他们的舌头和嘴唇上。奥托教给拉塞尔一个应对的办法：每隔十分钟左右就用力地把唾液吐出来。

我们也要上学的，奥托说，除了夏天，比如现在这个时候，当然还要排除收获季、圣诞节和复活节。我们都会数数，从一数到十，倒着数也会。连维妮都可以。可是这并不能教会你如何防止狐狸来偷吃小鸡，没有小鸡，早饭和蛋糕里也就没有了鸡蛋。

好吧，拉塞尔说，可我们并不经常吃蛋糕。说完，他踢了踢脚下的一个小石块。我喜欢学校。他说。

拉塞尔基本上成了沃格尔家中的一员。他和他们一起吃饭，一起劳作，一起逃课，一起成长。一些小家伙们甚至都忘记了他不是自己的亲哥哥。不过一到晚上五点，他就会回到姑姑家里，吃饭、祈祷、睡觉。每天晚上，姑姑都会在他的床前放一壶热水。当时水是很稀缺的，但姑姑每天晚上都会把水倒出来温热再放回瓶里。除了这些，他和沃格尔家的孩子别无二致。因此，当孩子们听说拉塞尔竟然没有坐过拖拉机时，他们简直惊讶坏了。

没开过拖拉机也没什么大不了的。我们家也是女孩子必须满十岁，男孩子必须满十二岁才能开呢。

不，不是开拖拉机。他是从来没有上去过。

从来没有？

是的，从来没有。

说话的是奥托和沃尔特，两个人趁着休息的工夫聊起了天儿。他们要回家给拉塞尔和哈丽特拿水，当然还有他们自己的水。拉塞尔和哈丽特还在地里寻找石头和地鼠洞。天很热，自治领日刚刚过去，空气就变得又脏又燥又热。沃尔特戴了一顶超级大的帽子，奥托的脑袋上则空空的，他总是不记得戴帽子。在阳光的炙烤下，头发中缝的皮肤被晒出一道红印。过一阵儿他不得不把起的皮剥掉。每到这个时候他就非常生气，迅速找到自己的帽子放到床上，以防再次忘记。可惜，他总是还会忘记。再后来，那里的皮肤会彻底变成红色，从五月到九月都是如此，而他的头发也会变得稀薄发白。时间长了，邻居们都把它作为自己的日历：印记刚刚出现时，要种菠菜了；等到印记开始褪去时，又到了给西红柿埋土的时候。

可怜的拉塞尔。沃尔特说。

是啊。奥托说。虽然嘴上这么说，他内心却很愉快。

哈丽特！

她怎么了？

她到年龄了！她已经到了可以驾驶拖拉机的年龄了，是不是？

是的……不过我想我们不应该提。现在没有多少需要拖拉机干的事情。再说了，我们还没有找完地鼠洞呢。

地鼠洞是永远也找不完的。石头也是一样。

那可以，我们可以试一下。

别着急。我们先把水拿给哈丽特和拉塞尔，然后再让哈丽特去开拖拉机，然后再让拉塞尔到上面坐一坐，就这么定了，快点！只有十五分钟的时间，沿着地边开一圈，然后再回来找石头和地鼠洞。好不好？

可以。奥托说。

好的。哈丽特说，开拖拉机很简单，没问题。

真的吗？奥托有些怀疑，你确定吗？

当然，为什么不行？不用十五分钟我就能学会了。

听到没有？沃尔特说。

你怎么看？奥托转向一声不吭的拉塞尔。

可以。他说。

拖拉机上面只能容下两个人，好吧，实际上只有一个铸好的绿色金属座椅。对哈丽特来说，座椅前面的空间实在太大了。椅子后面有一丁点儿地方,一个人可以站在上面,但双手必须紧抓住驾驶员的肩膀。如果你身子够小的话,也可以坐在驾驶员的膝盖上,蜷缩在方向盘前面。沃格尔家的很多孩子都是在爸爸妈妈或是玛丽的腿上完成了自己的第一次驾驶。不过,拉塞尔太大了,哈丽特又太小了。最后他们决定让拉塞尔站在座位后面,奥托和沃尔特负责在下面照看。

当哈丽特成功地发动拖拉机向前行驶时,大家都欢呼雀跃起来。不过这种兴奋劲儿并没有持续太久,等拖拉机慢慢地从视线中消失之后,奥托和沃尔特又低下头,继续顺着轮胎碾过的地方搜寻石块和地鼠洞。

在找到两个大石块和淹没一个地鼠洞之后,他们好像看到阿莫斯正在朝这里跑来——每年的这个时候,他的工作就是把野生草莓捡到两个大水桶里,因此十根手指头都被染成了紫红色。此刻,他似乎在挥舞着紫红色的双手。不过,奥托很快就看到了帽子下面露出的两条辫子,原来是哈丽特。靠近时他们才发现她的双手血红,整个人已经上气不接下气。一只狼,她说,他吓坏了。这不是他的错,也不是我的错。有一只狼。她重复着。

她一把抓起奥托的手,奥托不由自主地抓起沃尔特的手,三个人沿着轮胎印向前跑去。

奥托目睹过很多次死亡,很多很多次。当哈丽特和沃尔特朝地洞里灌水时，他见过淹死的地鼠，还有被枪打死的地鼠。如果有地鼠企图从洞里逃出来，哈丽特就开枪打死它们。一般情况下，子弹会直接打中地鼠的头，一枪致命。当然也有意外发生，比如它们东窜西窜，不好瞄准，那么子弹就会打在身体侧面或腿上，它们挣扎着逃走，这时哈丽特就补上一枪，让它们结束痛苦。

他还见过垂死的小鸡，那是狐狸的杰作。还有受伤的野鸟，有的是撞到了玻璃，有的是落到了猫的爪子里。

更小的时候，大概只有四岁左右，奥托在厕所后面的草丛里发现了一只刚出生的小猫幼崽，灰粉色的皮毛，一点点大，估计是被丢弃在这里的。他没有告诉任何人，因为父母不允许他们饲养宠物。他找出在圣诞节才使用的火鸡烤盘，在里面铺上破布头和铅笔屑，给小猫做了一个温暖的小窝。他把小窝藏在最初发现小猫的草丛里。为了防止狐狸和狗来骚扰，他还给小窝加了一个盖子。这只猫咪真的是太小了，每次奥托来送牛奶和浸着牛奶的面包片时，都要在窝里挖上许久才能找到她。他会把她捧到自己面前，轻轻地跟她说：虽然现在你很小，但以后会长大的。你不要害怕，你是猫咪中的女王。别害怕，别难过，你以后一定会非常厉害。他用手指轻抚着她那皱巴巴的小脑袋，祈祷她的眼睛快点睁开。而她会用爪子轻轻地挠着他的手心作为回应。他还给她起了一个名字——辛西娅。

但是，辛西娅的眼睛一直没有睁开。她不吃面包，也没怎么碰牛奶。再后来，她动也不动，只是没日没夜地睡觉，当奥托托起她时,她依然蜷缩在一起。奥托轻抚着她的头,一遍又一遍,他忍不住拽起她额头上的皮肤,想让她睁开眼睛,可是没用。他只好把她放在掌心里,一边轻轻摇晃一边喊:辛西娅,辛西娅,辛西娅,快点醒过来,醒过来,醒过来。可是她病了,他知道她病得很严重,就像邻居家的婴儿一样。又是一个夜晚,奥托上完厕所之后,小心翼翼地把烤盘从草丛里端出来,然后悄悄地溜回到卧室。当他进门时,八岁的阿莫斯醒了过来。

他轻声喊道:奥托?其他人都还在熟睡中。

什么事?

你拿烤盘干什么?

你会告诉别人吗?

不会。

那你过来看看。

阿莫斯蹑手蹑脚地爬起来,生怕惊醒了同床的沃尔特。两兄弟来到走廊里,奥托把盘子放在他们中间。这是我的小猫辛西娅,她病了,他一边掀起盖子一边说,她藏在里面,必须挖一会儿才能找到她。最后他在盘子的角落里发现了她,她缩在铅笔屑里。他用右手把她轻轻托起,就像过去那样,她的头上、背上沾满了铅笔屑。她在睡觉。他说。

她没有毛。阿莫斯说。

是的。奥托说。

两个人都没有说话，只是静静地看着小猫。四周非常安静，甚至可以听到房间里传来的呼吸声。

你知道她死了吧？阿莫斯说。

嗯。他的喉咙一阵发干，可他还是举着自己的手不放。

好了。阿莫斯把手搭在奥托的肩膀上说。

嗯，我知道。奥托说。

大概一年以后，在干完活儿去吃晚饭的路上，阿莫斯突然对奥托说：你还记得辛西娅吗？她其实是只地鼠，并不是什么小猫。她早晚都要被杀死的。她是地鼠。

奥托没说话，只是点点头。

他还见过死掉的小牛。一般都是难产出生的，有的刚出生就死了，有的奄奄一息，眼睛瞪得比脑袋还大，四条腿相互纠缠着。即使有人来救助，它们也活不成了。

眼前的拉塞尔就是如此。他躺在地上，半个身子被压在拖拉机下面，两条腿像野草一样缠绕在一起，不过他的眼睛是闭上的，就像辛西娅一样。奥托盯了好一会儿，然后转过身，吐了出来。

刚才有只狼，哈丽特说。它从我们旁边跑过，拉塞尔吓得松开手掉了下去。我不得不转动方向盘以防压到狼，可是拉塞尔滑倒了。这不是他的错，也不是我的错，不是他的错，也不是我的错，不是他的错，也不是我的错。哈丽特嘴里不住地念叨着，她已经吓得不知所措。

大家都穿着普通的长裤，只有奥托穿着沃尔特的旧背带牛仔裤，过长的裤腿卷在脚踝处。看来这是目前能找到的最大的一块布了，奥托赶紧脱了下来。大家把昏迷不醒的拉塞尔搬到裤子上，像抬担架一样把他抬回家。他的双眼紧闭，两条腿依然拧在一起。哈丽特和沃尔特各抬一条裤腿。只穿着上衣和内裤的奥托则紧跟在后面拉着裤带，目不转睛地盯着拉塞尔的眼睛。

拉塞尔没有死，不过他的一条腿废了，右腿再也无法直立，只能像甘草叶一样蜷曲着。即使被明晃晃的太阳照得眼睛发花，你也能从老远的地方认出他的身影。

每走两步，他就要弯下身子，等待左腿、后背和腹部发力以支撑右腿前行。每天都是如此。如果你仔细观察的话，就会发现，每当他要越过比较宽的地方时，就像是在和自己跳华尔兹。

几年之后，阿尔玛开车带埃塔去豪得法斯特，一路上，两人一言不发。这时埃塔已经十五岁了。阿尔玛脚上蹬着一双米黄色的高跟鞋，这是她的舞鞋。埃塔觉得穿这种鞋子开车一定很费劲，不过她什么也没说。外面的风很大，甚至比车声还要响。到咖啡馆休息站之后，阿尔玛径直走到一张靠墙的桌子旁坐下。一个从未见过的服务员走了过来，两个人点了不少东西。

我病了，埃塔。阿尔玛说。她的一头黑发散落在肩上，而平时她总喜欢把头发高高绑起。这个发型遮住了过于刚毅的脸部线条，整个脸形似乎都变样了。不过，刚才的大风把她的长发吹得有些乱糟糟。

你看起来不像生病了。埃塔说。她见过人生病的样子，有的面色发白或发黄，有的不停地咳嗽，有的嗓子哑到说不出话来。还有的人吃不下饭。阿尔玛完全没有这些症状，她的声音虽然不大，但是听起来没问题，脸色也不错，她也吃得下东西。刚才她们还点了一个派。阿尔玛自己点了酸奶油葡萄干，埃塔点的是萨斯卡通浆果。除了很小的时候，她们也有很多年没感冒了。一般情况下，生病的只会是那些乡下孩子，每天在灯光下、厕所里劳作个不停，绝不会是她俩这种城里的孩子。不过，埃塔的心依然跳得很快，你看起来很好，阿尔玛。她说。

阿尔玛把双手摊在桌子上,埃塔竭力控制着自己不去学她的样子。尽管她的第一反应总是姐姐做什么,自己也做什么。不过这次,她克制住了,她把手放到桌子下面,手心朝上,紧紧抵着桌底。我没有感冒。阿尔玛说。

哦。埃塔说。

我的一切都完了。

你?

我们。

我们?

不过我不会告诉他的。

告诉谁?什么事?

吉姆。

哦。听到这里,埃塔的心一沉,她甚至能感觉到自己的脸变得发凉发青。她不想让阿尔玛看出她的变化。埃塔喜欢吉姆。他总会带上她和阿尔玛一起出去兜风。他还总能把她的父母逗乐,哦,哦,哦。

这时,服务员把派端了上来。谢谢。姐妹俩异口同声地说道。

也谢谢你们。服务员抬起头笑着说,然后转身朝厨房走去。她穿了一双和阿尔玛一样的高跟鞋,不过她的更旧一些,鞋头和跟部都有不少划痕。埃塔盯着姐姐,却刻意避开了她的脸。她盯着她的胸、手臂和肩膀。由于桌子的遮挡,她看不到姐姐的腹部,但她可以想象到那蓝色裙子下隆起的白色皮肤。

我打算离开这里,阿尔玛说,我反复思考了很久,决定还是离开。

离开?

是的。

去哪里?

去阿姨家。

可我们根本没有阿姨。

我说的不是真正的阿姨,埃塔。

我不……她把已经到嘴边的话咽了下去,然后一声不吭地低头看着面前盘子边上的图案:蜿蜒的藤蔓上开满蓝色的小花。虽然没病,但埃塔完全吃不下饭了。哦,她又问道,吉姆也走吗?

我不知道,我估计他不走,他为什么要走?

但是他——

他不需要这样做,埃塔。

埃塔用叉子把点心切成一个个的小块,里面是紫红色的。我能来吗?她问道。

不行,埃塔。阿尔玛回答得斩钉截铁。

阿尔玛开始吃面前的派,奶酪很足,黏黏的,看起来很诱人。埃塔也低头吃了几口。这个没有她们自己做的好吃。

我们从没去过教堂。埃塔说。

他们不会介意的。阿尔玛说。

我们甚至不知道如何祈祷。

我现在已经知道了。

那小宝宝将来会成为修女的。埃塔的眼前立刻浮现出一个画面：一群蒙着头发、穿着黑衣的修女们围着一个用修女袍裹好的小婴儿，她们虔诚地哼唱着摇篮曲，真是太美了。

不会，阿尔玛说，她们会把孩子送走的。

她们会把孩子送走？

是的。我会祈祷的。

永远地送走？

是的。不过你可以来看我。还有，并不是所有修女的衣服都是黑色的，有的是蓝色、浅蓝色。

埃塔闭上了眼睛。她的心跳得厉害，连睫毛都被震得一颤一颤。她竭力让自己只去关注那些衣服，黑色、蓝色、淡淡的蓝色，如同天空一般明亮，又像大海一般美丽。

几天之后，阿尔玛离开了。看来，你最后还是把她说服了。从火车站回来之后父亲这样对埃塔说。想象一下，我们的阿尔玛在修道院里，想象一下，那可是我们的女儿。他走在深黄色草地中间的砾石小道上，埃塔跟在他的后面，母亲则走在了最后。三个人相距并不远，所以，她们可以清楚地听到他的话。

我为她感到骄傲。父亲说。

是的。埃塔说。

我也是。母亲接着说。

埃塔不知道他们是否了解事情的真相。

阿尔玛去的修道院坐落在遥远的爱德华王子岛上。要去那里，必须先坐很长时间的火车，然后转乘轮船。在此之前，姐妹俩只见过纸折的小船，在满是泥泞的小沟里荡来荡去。阿尔玛离家的前一晚，埃塔摸索着走到姐姐所在的地方，卧室里一片漆黑，窗帘遮住了外面微弱的亮光。埃塔问：你为什么要去那么远的地方？

因为那里的修女服是蓝色的。阿尔玛回答她。

4. 尘埃

埃塔:

我在家里的地球仪上画了一条虚线,起点是我们家,沿线是我想象中你所经过的路。每天我只会添上一两笔,虽然看起来很不起眼儿,但在我眼中,那就是你前行的道路,我每天都会注视很久。它们就像汉塞尔和格蕾特扔下的那串面包屑[1],即使你忘记回家的路,它们也能把你带回来。虽然现在你和我都不能真正地看到它们。

你应该走到马尼托巴省境内了。

我已经把菠菜、胡萝卜和小萝卜的种子种下去了。

我会把这封信寄给四号哈丽特的儿子威廉,他就住在布兰登,你还记得吧?他是名会计师。我想万一你要在那里停留

---

[1]《格林童话》中《汉塞尔和格蕾特》的故事。两个孩子在被后母带到森林深处的一路上扔下面包屑,想记住回家的路。——编者注

呢？比如睡觉，或者经过那里，虽然我知道你可能不会。还有，威廉也许会被信封上的内容搞糊涂，"威廉·波特转埃塔·沃格尔收"，说不定他还会把信寄回来，不过没关系。等你回家以后，我再把信交给你。我会把它放在你寄回来的那堆信旁边。它们都在餐桌上，反正我吃饭也用不着那么大的地方。

自从上个星期之后，我就没去看过拉塞尔。因为他跟我说，这一段时间最好不要过去。原因是我得了咳嗽，我的咳嗽声会把小鹿吓跑的。所以我只好待远一点儿。不过他找完小鹿后会时不时地来这里看我。他身体还不错，我没告诉他你去哪里了，我只是说你出门了。就这些了。

奥托。

另外，我知道你离开是为了看海，你确实应该去看一看。不过，如果你离开还有其他原因，可能你发现了或者没发现一些事情，而不愿意当面告诉我。如果是这样的话，你可以在信里告诉我。我们可以只在信里、在纸上，用墨水或铅笔来讨论这些事情，其他情况下绝口不提。

埃塔确实到了马尼托巴省,从汽车牌照上就能看出这一点。她已经连续走了十四天。在湖泊或河流里洗身子和头发。如果衣服脏了,她就直接穿着它们走到离岸边不远的水里。流淌的河水会冲走衣服上的污垢和汗渍。她喜欢闭上眼睛,屏住呼吸,潜入水中,任由一股股流水贴着头皮穿梭在稀薄花白的头发间。在家里的时候,她喜欢烫发,那样的话头发看起来更蓬松。而现在,她的头发干直干直的,纤细得很,她把它们盘在耳后,就像少女一般。如果衣服不脏,她就脱掉衣服,裸着身子走进河里。冰冷的河水撞击着她的膝盖和胸膛,钻进她的私处、肚脐、嘴巴和头发里。不过这一路遇到的河流并不多,所以她经常连续好多天都洗不了一个澡。

在几个月之前,每到夜晚,她总是被拉进奥托的梦中。在梦里,她穿着长裤站在灰色的沙滩上,鲜血拍打过来,直到膝盖。男人们围在她的四周,大声呼叫着。有时候双手空空,有时候手里攥着勺子或毛巾。这个噩梦折磨了她一夜又一夜。

后来,每到睡觉的时候,她都尽量让自己不碰到奥托的身子,这样他的记忆就不会溜进她的梦里。

＊ ＊ ＊

也许是因为拉塞尔无法和正常人一样走路，也许是因为他每天都要回到姑姑、姑父家睡觉，所以一直没有机会听到深夜里沃格尔夫妇的对话。每到深夜，沃格尔夫妇总会坐在厨房的餐桌前聊天，有时候还会打开收音机。他们谈论的内容都和广播里的新闻有关，不止他们，现在整个国家的人，每个家庭都在关心这件事情。尤其是年轻人，像他们和他们的兄弟们这样的年轻人。由于拉塞尔从没有醒过来把耳朵贴到粗糙的地板上偷听楼下的只言片语，或者是因为他无法和正常人一样走路，所以在他和奥托满十六周岁的那个秋天，他并不像其他人那般忧心。如今沃格尔家有其他十四个孩子来分担家务，所以他们俩真的要去学校了。拉塞尔一点儿都不害怕，每次像跳着华尔兹一样走在去学校的路上时，他总会吹起口哨。他和奥托是轮流去学校，也就是一人一天，只要他们前一天把自己的事情做完。当奥托在学校里愁眉苦脸的时候，拉塞尔正在往牛的眼睛里滴眼药水、搬运干草。而当拉塞尔走在上学路上吹起口哨时，奥托也在做着同样的工作。

奥托和一个叫欧文的男孩合用一张课桌。虽然欧文只有十四岁，但是门门功课都比奥托好很多。他有一头黑色的小卷发，身上散发着鲜花肥皂的味道。此刻他紧盯着奥托颤抖的右手，奥托正竭力抄写下兰卡斯科老师在黑板上写下的字：**你好，我的名字是，谢谢你，**

猫，鼹鼠，鱼，太阳，雨，云。兰卡斯科老师总是把每一个单词大声而缓慢地读出来，然后转过身写到黑板上，再转回来教大家朗读：

你好，

你好，

你好。

布置给欧文的作业是写一篇有关国王或女王的文章，字数为两百。不过他早就写完了，他写的是布狄卡女王[1]。现在他目不转睛地看着奥托的手，他经常观察奥托的动静。

嗨，他低声说，你看这里。他指着奥托的本子，上面是奥托照着黑板写的字。这里写得不对，他指着"**我的名字是**"和"**谢谢你**"中间说，你要把你的名字写上，否则就不通顺了。就是这里，你可以画上添加符号∧，嗯，就这里，添上你的名字。快点，趁兰卡斯科老师还没来检查你的作业时赶紧写上。

两个孩子同时抬了抬头，老师还在黑板上写着，奥托低下头看着那个∧。时间不多了，他已经落后了不少。兰卡斯科老师又在黑板上写了两个新单词：**看**，**闻**。欧文还在等着他写下名字。我的名字怎么写呢。奥托暗暗发愁。老师从来没在黑板上写过他的名字。

好的，谢谢你。奥托说。

欧文冲他笑了一下。

---

1 英格兰东英吉利亚地区古代爱西尼部落的王后和女王，她领导了不列颠诸部落反抗罗马帝国占领军统治的起义。——译者注

我的名字，我的名字，奥托眉头紧蹙。这时，老师在黑板上写下：跳。奥托只好跟着抄下来。不过他并不笨，他扫了一眼自己抄写过的词语：鼹鼠，谢谢，雨。它们只不过是字母的不同组合，所有的单词都是。可是他不知道自己该写下哪个字母。他突然有了主意，他可以从现有的单词里挑几个字母出来，"MOLE"（鼹鼠）里挑个"E"，"THANK"（谢谢）里挑个"H"，"RAIN"（雨）里挑个"I"，如此一番后，他写下了：我的名字叫∧EHIFE，谢谢你。

讲台上的兰卡斯科老师又写下了一个单词：粉红色。粉红色，他跟着后面读着。

中午的时候，欧文跟在奥托后面走出了学校大门，一般情况下，奥托都是和其他兄弟姐妹一起步行回家吃午饭。妈妈总是先让大家说一说在课堂上学到的新知识，然后再尽情地享用面包和汤。不过今天欧文一直跟着他，他只得停下了脚步。

我不是笨蛋，奥托说，我可以制伏一头疯牛。我还可以同时换两块尿布。

我从来没有说过你笨。欧文说。

好吧。

欧玛说沃格尔家的孩子是最聪明的。

好吧。

不过，欧文说，你应该学会写自己的名字。

我已经写过名字了。

你写的不是自己的名字，那根本不是个名字。

奥托一直在踢脚下的土。他的靴子被厚厚的尘土覆盖了，踢一下，显露出来，但很快又被盖住。

奥托，我可以写给你看。我不会告诉任何人的，我写给你看，行不行？

奥托换了只脚踢土。站稳后，他朝远处看了看，格斯和其他人正在等他。他对他们摆了摆手，示意他们先回家。好吧。他说。他跟着欧文来到学校后面一块尘土飞扬的田地里。

太棒了，欧文说，因为你和我名字的首字母是一样的，真是太棒了，是不是？太好了。他拔起一根干燥的狐尾草，用根部当笔头在地面上写了起来。你看，他说，这就是O，就是一个圆圈，很简单。其实你的名字很简单，圆圈加上十字架，就像教堂里的那些标志。他接着写下t，t，o，然后把狐尾草递给了奥托，手把手地教他写。圆圈，十字架，十字架，圆圈。

我们没怎么去过教堂。奥托说。

第二天轮到拉塞尔去学校。拉塞尔也坐在欧文旁边。你的字写得不错。欧文说。

其实很一般，拉塞尔说，不过谢谢你的夸奖。

又过了一天，欧文教奥托写自己的姓，看到没有，很简单，是不是？一个箭头，一个圆圈，一个胖子在钓鱼，一个挂着皮的苹果，一根线。Vogel，看到了吗？这一次，欧文让奥托自己拿着狐尾草在地上书写，而他的手则搭在了这个比自己高，也比自己年长的同学肩膀上。

每次轮到奥托去学校时，拉塞尔总会趁着干活儿间隙去接他，一般都是在下午三点半左右，然后两个人一块儿返回农场。有时拉塞尔会带着一条狗，有时带着小弟弟或小妹妹，不过大多数时候，他都是独自一人，这样他就有时间和奥托一起安静地聊天。由于拉塞尔的腿不方便，他们走得很慢，不过奥托丝毫不在意。农场的节奏太快，他喜欢这难得的悠闲。到了拉塞尔去学校的时候，奥托也一样去接他。每天欧文都能看到小哥儿俩肩并肩离开的身影，他们并不一致的步伐后扬起一阵阵尘土。

修女阿尔玛寄回了不少信，这些信穿过尘土飞扬的土地和辽阔的江河来到父母和妹妹手中。一星期至少会有两封。一般情况下，淡棕色的信封是给爸爸妈妈的，里面还装着一个小小的封好的蓝色信封，这是给埃塔的。

亲爱的爸爸妈妈：

我爱你们，埃塔，还有我们的家。我在这里一切都很好。这里的每个人都很和善、安静，不过每天早上，我们都会唱颂歌。这里的食物也相当多，不过很多都是鱼，我还不大能吃习惯。我认识了一个女孩，她叫帕翠丽亚·马尔凯特，她的表兄弟就住在布莱德沃斯。我告诉她你们很可能认识他们家的人。

在不用祈祷、唱颂歌或吃鱼的时候，我们就做编织。织的大部分是袜子，都要送给那些需要的人。冻脚真是一件可怕的事情，尤其是这里到处都湿漉漉的。我们织的袜子有大有小，大的占多数，是给男人们或者就要成年的大男孩穿的。经过这里的男士越来越多，他们穿的上衣、裤子、戴的帽子都很合适，可是袜子都不合脚。我们用人们捐赠的毛线织出五颜六色的袜子，橙色、绿色、红色，还有白色。除非他们把鞋子脱掉，否则你很难看出其中的不同。

虽然知道你们不太在意,但每天我还是会在晚饭之后、睡觉之前为你们祈祷。

爱你们的女儿
阿尔玛

然后是那个小小的蓝色信封。

亲爱的埃塔:

我现在不怎么呕吐了。这里的食物很好吃,我知道我很快就能适应它们。埃塔,我真是太爱这些食物了,包括鱼。如果有机会碰到,你也应该尝试一下。不过别被那些眼睛吓到。

你的姐姐
阿尔玛

看完信,埃塔走到衣柜前,拉开第二个抽屉,然后从两件毛衣下面拿出一个小罐子。她拧开盖子,把里面的东西一股脑儿地倒了出来,其实只有一个鱼头骨。她把它捧到手心,紧紧地贴在耳边。我不会吃的。

又一封信。

亲爱的爸爸妈妈：

你们知道编织也会导致抽筋吗？很严重的抽筋。连祈祷都起不了任何作用。

（信封里面塞进了三双袜子。）

你们的女儿

阿尔玛

还有给埃塔的。

亲爱的埃塔：

我现在好胖好胖，比我预想中的要胖很多。我从没想过自己会变成一个大胖子。不光是肚子，我全身都很胖。脚啊，头发，还有胸。现在整个身体似乎都不是我自己的了。

修女们对我的变化没有任何反应。我猜经过多年的训练，她们对一切都很淡定了。我也正在经受这种训练。

但我还是注意到很多事情。成百上千的男孩从我们这个小岛上经过，他们满怀感激地拿走袜子，仿佛那是他们自己的妈妈织的。每次看到他们我总会想起吉姆。虽然没有一点儿相似的地方，但是我却忍不住想起他。每天下午两点到三点，我们都要低着头在窗边祈祷。然而祈祷的时候，我的眼睛却向上瞄着，他们总是三两成群地走过。我不知道自己是否真的希望见到他。

不过，我觉得很快乐。也许并不快乐，但我知道自己必须随遇而安，这样很好。在这座岛上，你哪里也去不了，到处都是海浪声。

我很想念你。我知道你可以照顾好自己，你既聪明又听话。有时间的话告诉我家里的情况，还有你的一切。

你的姐姐
阿尔玛

又一封。

亲爱的妈妈，亲爱的爸爸：

我在考虑回家一趟。我们没有多少钱，不过我自己还有一些，加上你们寄给我的，应该够支付来回的火车票和船票。时间定在这封信寄出的一个月之后可以吗？你们觉得如何？如果你们同意，我就立刻动身去买票。我希望你们不要觉得我变化太大，当然除了更加虔诚之外。也许会有点胖，这要归咎于那些鱼。还有龙虾，龙虾啊！这里的龙虾特别多，有时候甚至会从水里爬上来，爬到码头或草地上。我会带一只回来给你们尝尝，不过我觉得埃塔肯定要把它当成宠物，做她的小伙伴。

爱你们的女儿
阿尔玛

还有给埃塔的。

亲爱的埃塔：

  时间已经很近很近了。实际上，我已经过了预产期九天。现在，修女们都不动声色地紧盯着我。她们安排玛格丽特·雷诺兹修女和我住在一起，她就睡在我旁边一个非常小、看起来很不舒服的床垫上。我让她和我一起睡在床上（虽然也很小，但毕竟是张床），她拒绝了。也许她觉得我现在的身体太庞大了，床上根本睡不下两个人，也有可能是其他原因。她不怎么爱说话，但总是等我入睡后才安心睡下。可是由于身体太胖，天气又热，我根本睡不着，只好躺在那里假装入睡，我估计她也在装睡。每天早上她都会早早醒来，把床垫收起塞进我的床底下，然后在水池边祈祷。

  我已经准备好了。我努力让自己不去想那里有一个孩子，我把它想象成自己身体的某种变化，和我无关，只是我身体里的某种东西。一切就要结束了。可是随着时间的拖延，我越来越多地去思考它真正的样子。每次装睡时，我总会去想孩子的名字，埃塔，我听到旁边玛格丽特·雷诺兹的呼吸声，她也很清醒。我突然觉得埃塔这个名字真不错，詹姆斯也很好。

  我在沙滩上捡到了一颗小石子，在海水的冲刷下，它几乎变成了软的。我把它藏在被子底下。趁玛格丽特修女还没回来或者在浴室的间隙，我会把它拿出来，轻轻蹭着我的脸、脖子和胸部，冰冰凉的，很舒服。它大概有两个拳头大小，虽然不大，却很重。

我希望回一趟家，估计爸爸妈妈已经告诉你了。大概在一个多月之后。到时候一切都会恢复正常。说不定还可以找一个地方，让我来教你游泳。

爱你的阿尔玛

接下来的信来自同一个地址，贴着同样的邮票，盖着同样的邮戳，只是写信人不是阿尔玛。这次只有一个信封，上面写着：阿尔玛·肯尼科的家人收。

血毒症。一打开信纸就看到如此残酷的字眼儿。埃塔的母亲喃喃地念着。她和父亲完全没有反应过来到底发生了什么。父亲小心翼翼地念叨着这个词，仿佛那是一只刚出生的幼鸟，他走到楼上，来到埃塔的房间。他的声音从来没有如此轻柔过，埃塔的耳朵先听到了，然后是头，最后整个心似乎都要跳出了胸膛。母亲几乎是爬着出的大门，这时他们才意识到自己知道的太少，了解到的真相太少了。

一个星期之后，他们依然无法用言语来表达自己的痛苦，他们不知道该如何形容这种撕心裂肺的难过。父母失去了自己的孩子，妹妹失去了最亲密的姐姐。

一个月之后，埃塔去了师范学院。

5. 相遇

　　这是埃塔进入马尼托巴省的第三天。虽然天气很干，但她的鞋子却不停地渗水，不过不是渗进去，而是从鞋里一点点冒出来，于是她走过的路上留下了像锈迹一般的痕迹。在早晨还只是一个个模模糊糊的小点，不注意的话可能都看不到，不过对于嗅觉灵敏的人来说味道已经很重了。到了中午，小点慢慢变成了连续的细线，好像埃塔鞋子里吐出来的细丝。到了下午三点左右，细线越来越粗，最后宽得像两条深紫色的野外滑雪道。脚下的气味浓得快要把人熏倒。直到晚上六点，埃塔才发现自己的双脚已经伤痕累累。这是双好鞋子，她对着空旷的四周喃喃自语，这鞋子是不错的。可是她的脚很疼很疼，血顺着鞋子滴滴答答地向下流着，她开始感到发晕。真是该死，她忍不住骂了一句。她一直认为自己的鞋子是全身上下最坚韧结实的。如果连鞋子都会破的话，那其他地方也快了。她坐下来，解开鞋带，鞋子立刻从脚上滑了下来，里面湿漉漉的，两只脚上全是血。就像圣弗朗西斯科一样,她心里暗想,不过她可没有向他祈祷。她不会向任何人祈祷。她拿出一双干净的袜子裹在脚上,然后用力地擦了擦手,取出一块圆面包塞进嘴里。一半夹着开胃小菜,一半裹着一些糖。她把它们想象成黄油和肉桂。以前每到周日,她都会为奥托做又长又美味的肉桂面包。

埃塔的脚肿得厉害,根本塞不进鞋子里。反正鞋子已经坏了,算了,埃塔想,明天到城里买双新的,就这样。

那天晚上她睡在芥菜地里。她又梦到了大海,周围是数不清的船、男孩子和男人们。大家都气喘吁吁地泡在水里,不时地张开嘴巴把水吐出来。大海从未有过如此的喧闹和五彩缤纷。天色越来越暗,那里已经不适合女人待下去。她只得向大海深处走去,越走越远,越走越远,海水渐渐没过了她的双脚、脚踝,她依然没有停下脚步。海水比想象中的更温暖舒服,海浪相互追赶着,演奏出一阵阵美妙的旋律。可我并不是个女人,她不停地告诉自己,我很坚强,我可以挺过去。

第二天早上醒来时,埃塔发现一只小丛林狼正在不停地舔舐着自己的双脚。袜子已经被脱掉,血也不再滴滴答答地向下流。埃塔没有坐起来,只是轻声说。你好。她不愿意去扰乱眼前的一切。你是想帮我还是想吃我?丛林狼看了看她,它有一双琥珀色的眼睛。像狗的眼睛。随便吧。埃塔说。丛林狼又继续舔着。不管怎样,还是要谢谢你。埃塔说。

当她站起来时,那只丛林狼依然没有离开,只是静静地在一旁看着她撒尿、漱口、刷牙(这可是一口不折不扣的真牙),她用的是瓶子里装的水。洗漱之后,她把所有的东西收拾好准备出发。由于光着脚,她只能小心翼翼地走着,那只丛林狼依然跟在她的后面。几个小时之后,他们来到城外,然后走进城里。她慢慢地走在人行道上,小心地避开碎玻璃和口香糖,最后走到市中心的一家体育用品店里。

狗不能入内。站在摆着白色鞋子的货架旁边的工作人员说。

它不是我的狗。埃塔说。

可它是跟着你进来的。

我知道,可它不是我的。

好吧。工作人员说。

好吧。埃塔说。

工作人员朝那只丛林狼逼近,大喊着。出去,出去!

它不理会他的吼叫,咧开嘴巴,龇着发黄的牙齿。

工作人员吓得赶紧后退。女士。他只得向埃塔求助。

它不是我的。埃塔重复道。

当埃塔在挑选鞋子的时候,它依然一动不动地站在那里。埃塔在摆着白色鞋子的货架旁看了很久,最后终于买了一双。刚一穿进去,她就觉得两只脚仿佛踩到了新鲜的苔藓。

离开商店以后,她又沿着人行道向城外走去,回到荒芜的野外。

小丛林狼依然跟在她的后面。好吧，埃塔说，我不知道你到底想干什么，是要趁我睡觉的时候吃掉我，还是继续把我当作宠物一般舔来舔去。不过既然你老跟着我，我就要给你起一个名字。说这话时，小丛林狼就走在她后面，只有两步之遥，她不用回头就能判断出来。我就叫你詹姆斯吧。她说。他们继续向前走去。

那天晚上，詹姆斯没有吃掉埃塔，而是安静地睡在她的脚边。第二天早上，埃塔吃了蛋黄酱饼干，詹姆斯的早餐则是一只地鼠。吃完之后，他们继续向东方走去。一起吧，詹姆斯。埃塔说。

好的，走吧。詹姆斯说。

你觉得你能陪我走完整个旅程吗？

让我们走着瞧吧。

那天晚上奥托没有吃什么像样的晚饭，只是随意塞了几口抹着黄油和糖的面包。你得一边工作一边等待。脱衣服的时候他这样对自己说。喉咙一阵抽搐，又想咳嗽了。菠菜长得很快，可周围的野草也不示弱。你得一边工作一边等待。

可是到了第二天早上，他并没有出去除草。昨晚他睡得很沉，一夜都没有做梦。起床后他来到厨房里，呆呆地站在橱柜前，完全忘了昨晚的计划。字母麦片、玉米麦片、大米麦片，家里没什么可吃的，冰箱里空空如也。肚子饿得咕噜噜直叫，他想吃点儿能饱肚子的食物。他一直都很瘦，但是现在他不光外表瘦。他的皮肤也越来越薄，薄到几近透明。埃塔的食谱卡片还在餐桌上放着，仍是他之前整理好的样子，旁边是埃塔的来信。卡片上的字迹已经褪色，埃塔几十年都没有用到过它们了。那些面粉、黄油和糖的配比已经深深烙在她的头脑里，无论什么样的食物她都可以信手拈来。奥托走到卡片旁，从"早餐/小吃"类里取出一张：

肉桂面包

（来自诺里斯阿姨）

必需品：一汤匙酵母，一个鸡蛋，一杯半牛奶，五杯到五杯半中筋面粉，四分之一杯白糖，一杯半红糖，两茶匙盐，一茶匙半肉桂，二分之一杯起酥油（最好是黄油）。

操作说明：把酵母化开；牛奶加热后倒入大碗内；把糖、盐、肉桂倒入，迅速搅拌至融化，冷却至室温；加入化好的酵母和鸡蛋，继续搅拌。先倒入三杯面粉，然后视情况再加入剩下的两杯至两杯半。把面倒在案板上，揉搓成光滑的面团。等待面发（大概发到两倍大小）。

将发好的面团压扁，分成大小相同的两块，再揉搓成光滑的面团。醒面（十分钟）。然后将它们压成长方形，表面刷一层融化的黄油。把红糖和肉桂撒在面块上，揉搓均匀。然后用刀切成一英寸大小的小块，一块块地摆到烤盘里，不要使劲挤压。在上面刷上牛奶（如果是给奥托吃的，再加点儿黄油和红糖）。等待面发（大概两倍大小）后放入烤箱。烤箱温度设定为三百七十五度，时间为二十五分钟。

奥托拉开抽屉，里面有一个米黄色的盒子，是以前存放食谱卡片的地方；旁边是一条折叠好的围裙。奥托拿起围裙，上面似乎还残留着埃塔的气息，不过很快就消散了。他把围裙挂到脖子上，系好背后的带子，接着把食谱卡片摆到橱柜上，一边忙活一边不时地把卡片拿到眼前，以便看清楚上面的内容。他以为那些大字下面会有更详细的说明，可惜瞅了半天，依然只有那几个字：

把酵母化开。

然后就是其他步骤了。好吧，奥托想，我和埃塔说的可是同一种语言，上面写得很清楚，应该比较容易。他把卡片放回橱柜上，打开碗柜，找到了酵母。应该就是这样，他喃喃自语，化开。

饼干终于出炉了，真是太硬了，就像牛肉干一样。每次该发面的时候，那块面团都完全没有要涨大的迹象。好了，奥托对着食谱卡片自言自语，还需要多研究研究，就这样吧。他就着很多奶油和苹果酱把饼干吃了下去。

几天之后，他又开始烤第二炉饼干。在烘焙之前，他把那些沾着油渍的卡片仔细研究了一番，然后按照字母顺序排列好，当看到倒数第二张卡片时，他才恍然大悟。上面写着：

如何化开酵母

（针对干酵母而言，化开后就可以发面）

必需品：干酵母，白糖，温水。

操作说明：把干酵母放到一小杯温水中，加两三勺白糖。五到十分钟后，化开。化开的表现是有泡泡冒出，有热气冒出，否则就是失败。

奥托拿出酵母和糖，又把凉水加热。他把它们搅拌在一起，然后等上十五分钟。没有反应，他又等了十五分钟，依然没有反应。又等了五分钟，依然如此。好吧，他终于明白了，失败了就是失败了。

他没有继续烘焙下去，而是到商店里又买了一些酵母，同时还买了一些面包、奶酪和咸菜作为自己的晚餐。

紧接着的半炉饼干稍微好一些：酵母化开了，闻起来真是美妙无比。碗里的面团涨大了，他用手指按了按，然后开始揉搓。他的双手忙个不停，这种感觉真是太美妙了。你和食物紧密联系在一起，既要温柔又要用力，必须仔细而谨慎地捶打。如同行军一样要掌握好节奏。不过一旦掌握了窍门，一切就变得容易且舒服。继续，继续。

这一炉好了很多，可是面包依然很硬，就像放了三天一样。虽然还带着烤炉里的温度，但是真的不好吃，奥托把它们喂了小鸟。

你揉了多久？谢丽尔问道。她正把所有的香烟都搬到柜台上，按照品牌归类，然后一一查看它们的到期日。五颜六色的香烟盒一层层摞起来，就像一道彩虹。

我不确定，奥托说，也许是十五分钟？二十分钟？

二十分钟！站在后面的韦斯利喊道。他正在烘焙食品架旁清扫面包屑。

你的问题就出在这里！谢丽尔说。其他都没问题。她伸出五个手指。五分钟，最多只能揉五分钟。她说。

不会吧？奥托惊讶极了。

最多只能五分钟！韦斯利补充道。

第三炉面包终于成功了，十分松软香甜。奥托透过烤炉的玻璃向里看，就像是在看一场电影。当面包冷却下来之后，他穿过田地来到拉塞尔家门口，敲了敲门。过了好一会儿，在一阵声响之后，拉塞尔才过来应门。

哦，你好，奥托。他的身子堵在门口，奥托看不到屋里面的情形。

你好，拉塞尔。今天外面很热吧？

热死人了。

看到鹿了吗？

没有。

说不定明天就能看到了。

没错，我也是这样想的。

好吧……我烤了些面包。

拉塞尔没吭声，过了一会儿，奥托只得继续说下去。

我烤了些肉桂面包，给你拿了一些来，都是刚出炉的。

拉塞尔这才注意到奥托的胳膊下夹了一个用蓝白色毛巾裹住的东西，他慢吞吞地后退了一点儿。好吧，他说，那你进来吧。他挪了一下身子，让出了一条仅够奥托进来的通道。

拉塞尔家的厨房非常小，里面堆了很多箱子。有的装着汽车、卡车和拖拉机的零配件，有的塞着有关动物的书籍，还有的装满了螺丝、九寸钉和方头钉。拉塞尔把一个装着空瓶子的箱子挪开，拉出烤炉，把面包加热了一下。然后两个人开始吃面包，没有加黄油，什么都没有加。

味道真不错。拉塞尔说,谢谢你带过来。

呃,我知道埃塔经常给你带这些东西,所以……

你做的和她做的味道差不多。

接下来,两个人都没有说话,只是静静地望着窗外。夕阳已经把天边染成了橙色和红色。吃完之后,拉塞尔站起身来,打开了头顶上的灯。

奥托,他说,我已经知道了,我知道埃塔走了。

奥托转过身子看着他。你知道?

几个星期之前,她给我写了一封信。拉塞尔越过奥托的肩膀,指着黑板说,我把信钉在那里,都有点褪色了。

信上写着:

亲爱的拉塞尔:

　　我必须离开一段时间,麻烦你帮我照看一下奥托,我知道你明白该怎么做。

你的(朋友)
埃塔

就这些。信封也钉在黑板上,就在信纸旁边。信封上写着拉塞尔的地址和姓名,那是埃塔的字迹。邮戳地址是斯特拉斯堡,时间是二十二天前。

可是，可是你什么都没说，拉塞尔，你让我撒了谎。

我是不想让你尴尬。再说了，我很生气。

因为我没有告诉你？

不，因为你让她走了。

那你现在还生气吗？

拉塞尔想了想说，是的。但是没有之前那么气了。你太小心眼儿了，奥托。迟疑了片刻，他问道：那你能告诉我她现在在哪里吗？

奥托不能，因为他不知道，他也不想知道，当然他也不想让拉塞尔知道。他想了想，只好把埃塔第一封信的内容告诉了拉塞尔，关于她的离开，还有大海。

如果她忘记了怎么办？拉塞尔问，如果她忘了自己的名字，忘了家在哪里，还有你——她的丈夫，怎么办？或者她连吃、喝，甚至去哪里都忘了怎么办？

人是不会忘记吃和喝的。奥托说。

就像过去那样，拉塞尔坚持道，这和过去没什么区别，只是调换了而已。你和她调换了。而我，我却一直在这里，从没有离开过。

* * *

七十多年前，就在银行倒闭、拉塞尔父亲去世前的几个月，拉塞尔度过了自己的六岁生日。父亲把他带到自家在市中心开的店里，让他挑选一件礼物。这个传统从拉塞尔两岁生日时就有了。两岁那年，拉塞尔选的是柠檬糖。三岁时选了一卷亮晶晶的铝箔。四岁时，他选了一把大铲子，可是铲子太大，他根本拿不动。母亲答应等到他八岁时就给他用。五岁时，他又选了一块柠檬糖。这一次拉塞尔选的是一本夹在食谱和报纸中间的书。那是一本很重的精装书。封面上画着很多动物，有狼、鸟、鹿和蛇，它们待在一起就像朋友一样。封面的材质是布，拉塞尔顺着纹理摸个不停。就是它了。他说。

《跟踪和捕猎加拿大西部的动物》？你确定吗？爸爸问道。

拉塞尔的手指在摩挲着狼、马、鹿和蛇。是的，他说，我确定。

当天晚上，拉塞尔坐在爸爸腿上津津有味地翻阅着那本书。书里大部分是文字，中间穿插着黑白色的手绘动物图片，全都按照物种名称的首字母顺序排列下来。我喜欢它们，他指着一张图说，它们很像兔子的脸，不过没有嘴巴。

这是鹿留下的足迹。爸爸告诉他。整个鹿的家族都有相同的足迹，也都很像兔子的脸。看到了吗？他指着下面一连串的名字：北美驯鹿、麋鹿、驼鹿、牝鹿、弗吉尼亚鹿……

如果找到了那些足迹，就可以找到鹿了吗？拉塞尔问。

如果你保持安静，动作轻柔，同时有足够的耐心，那么就有可能。

哇哦，拉塞尔感叹道。

我觉得城里面可没有多少鹿。爸爸说。

不过有没有可能会有一两头？

可能会有一两头。

哇哦，拉塞尔兴奋极了。哇，哇，哇。

那天晚上从拉塞尔家出来，奥托小心翼翼地穿过黑漆漆的田地。天色太暗，根本看不清脚下的路。这让他想起了过去喝醉酒的时候。有时是和拉塞尔一起穿过自家的田地，有时是经过寂静得令人毛骨悚然的法国村庄，而旁边是完全不认识的陌生人。还有一次，是和欧文一起。不过和埃塔在一起后，他就很少喝酒了。

奥托径直上了床，时间已经很晚了。睡了大概三个小时，他听到有人在喊：

奥托！

紧接着是砰砰的敲门声、踢门声，还伴着喊声。

奥托！

他一下子坐了起来，努力回想自己在哪里，现在是什么时间。想起来了，他在床上，现在才凌晨三点。

奥托！

是拉塞尔，他一边喊一边不停地用脚踢门。他是不是喝醉了？可能。由于腿脚不方便，他每次踢门之前都要把身子靠在门框上。奥托甚至能听到门框发出的咯吱声。咯吱，砰！奥托！咯吱，砰！奥托！奥托拉开窗帘，打开床旁边的窗户。这个窗户和门一样是朝外的。他把身子探到窗外。

拉塞尔，上帝啊，现在才凌晨三点。

我们必须得走！拉塞尔嚷嚷着，我没有喝醉，别以为我喝醉了，奥托！我在这儿，我们必须得走！就现在！我们必须去找她！奥托。

奥托！说不定她会死在外面！说不定已经死了！快把鞋子穿上。我已经把卡车开来了。天亮前我们就能赶到马尼托巴省。

奥托光着上身倚在窗框上,上面的白漆沾到了他的肚皮上。可是我们的国家太大了,拉塞尔。他说。

我知道,我知道,所以我们才要去找她啊,奥托。所以才要去啊!

不去。奥托说。

奥托!拉塞尔气愤地喊道。

不行。奥托坚持说。

可是,该死的,奥托!

不行,奥托说,拉塞尔,我是不会去的。

你这个当丈夫的,拉塞尔说,真是个浑蛋丈夫。说完,他气哄哄地踢了一下门,这次用的力气更大,结果让他失去平衡,向后摔倒在卡车上。那我自己去,现在就出发,我一个人去。真是个浑蛋丈夫。他一边骂一边转身离开奥托家。

这不是她想要的,拉塞尔。奥托平静地说。可惜拉塞尔已经一瘸一拐地朝车子走去,根本没听到他的话。拉塞尔打开车灯,灯光像火炬一般将黑夜照得如同白昼。

* * *

一天深夜，沃格尔家的孩子们像平常一样把耳朵紧贴在破旧的地板上。在正下方的厨房里，父母还在聊天。他们听到：

……你不要把收音机扔掉，它很贵的！

才不贵呢，大多零部件都是你用废品拼凑出来的。

没错。可是，收音机就是很贵的啊，在很多时候都是……你要知道扔掉它并不能真正解决问题。

儿子们会听到，然后——

他们总会听到的。

也许不会。

他们一定会。

至少不会这么快。

他们已经不是小孩子了，至少有几个已经成人了，比如阿莫斯、沃尔特、奥托……你阻止不了他们长大。

但是我能阻止他们去。

也许吧。

肯纳斯顿的希夫家只有一个儿子，就是瘦小的本尼迪克特，他才十六岁，但他都去了。

好吧，我们可不止一个儿子……

……

我在开玩笑。

我知道。

你要知道我也不想让他们去。

我知道的。

一阵杯子相碰的声音。

让我们看看能不能找到一些音乐。

没有音乐，只有新闻。

试一下吧。

先是断断续续的声音，很模糊，然后终于传来一阵缓慢的旋律，是单簧管、喇叭和钢琴的声音。接下来是轻轻的踏地声，应该是爸爸妈妈随着音乐跳起了舞。随后，孩子们也都散去了。

由于一直趴在地板上，每个人的半边脸都被压出一道道红痕。这时奥托突然意识到刚才他们说的是自己。妈妈担心的就是他，或者说至少他是包含在内的。这也是他为什么一直忧心忡忡的原因。他心里十分清楚，不久之后他就会去的。他没有告诉任何人，包括拉塞尔。这件事让他既难过又兴奋。

第二天轮到奥托去学校了，他和今天不用干活儿的兄弟姐妹们一起睡眼惺忪地拖着脚步朝学校走去。当他们来到学校时却发现大门已经关闭，其他学生都站在尘土飞扬的院子里。

门锁上了，一个扎着黄色发辫的瘦瘦的女孩说，我们都试过了，进不去。

兰卡斯特老师在哪里？沃尔特问。孩子中他最年长，个头也最高。

女孩耸耸肩，没有回答他，转身跑回到朋友中间。

不远处有一群年龄较大的孩子，他们在不停地讨论着什么，其中一个女孩对沃尔特喊道：尘土，肯定是因为这些扬尘，沃尔特。说完，她赶紧吐了口唾沫。

对于兰卡斯特老师的离开，大家并没有感到太惊奇。过去的三个星期里，他都是无声地给大家授课。他有个习惯，上课时，喜欢把教室的门敞开，好让阳光和空气透进来。这也意味着肆虐的西北风把数公里土地上的灰尘都吹进了他的嘴里，每天都是如此。兰卡斯特老师是城里人，不知道如何把那些灰尘吐掉。到了晚上，他只能蜷缩着靠在妻子背上，大口地喘着粗气。每天早上，他的妻子不得不像擦黑板一样把自己乱蓬蓬的头发弄干净。在这十年里，兰卡斯特老师的声音变得越来越小，直到有一天，他再也说不出话了。他只能靠手势和粉笔来表达自己的意思，直到被教育委员会发现。

学生们三五成群地坐在干草地上。灼热的太阳炙烤着他们，不过没人在意，大家继续聊天、玩游戏、打瞌睡。大约一个小时之后，一个满头大汗、身穿深蓝色西服的人朝他们跑来。大家好，对不起，对不起，他说。他拿出一个挂满钥匙的钥匙环，找出其中一把打开了学校大门。孩子们一窝蜂地冲了进去。请坐下来，大家不要慌乱，他说。然后他在黑板上写下了五道算术题。看这里，他说，我马上会向你们解释所有的问题。不过首先，做完这些算术题！算术题。孩子们都老实地低下头做题。他赶紧拉开兰卡斯特老师的抽屉在里面翻寻着，汗水顺着脸颊不住地向下流淌。

奥托觉得算术题很简单。他从小就在数自己有多少个兄弟姐妹，分配家务，计算各种倍数。正当他无事可做时，欧文递过来一张折叠起来的纸条。奥托偷偷摸摸地打开，上面写着：

你叫什么名字？

欧文把这个问题写在最上面，下面留了很多空白的地方。奥托写下自己的全名，又把纸条折好还给欧文。欧文打开纸条，写了一行字，又传了回来。如此几番：

你叫什么名字？
奥托·沃格尔
你还好吗？
我很天聊（很无聊）。
我也是，这个人真是恶心，像个动物。
可——能像狗或马。（可能）
我害怕马。

我知道。

今天放学后我能和你一起走回家吗？

你住在西（边），我住在东（边），所以没法办一起走。（没办法）

我喜欢走路。

我和拉塞尔走得非常慢，你会觉得错败。

欧文把奥托手里的笔拿了过来，在纸上写下：挫败。

讲台上那个穿着西装的男人已经找到了自己想要的东西，此刻正匆忙地批改一个学生交上来的作业。作业的主题是：上帝拯救了国王到底意味着什么？批改结束后，他站了起来。同学们，他说，我想你们已经做完了刚才的算术题。我有个不好的消息。你们也许已经注意到兰卡斯特老师没有出现在这里。他再也不能来教大家了。正如你们所猜测的那样，他已经完全说不出话来，不能再继续教书了。现在他正在去前线的路上，他要去打仗了。我知道这给大家带来了麻烦，我很抱歉。现在，我想找一个脚力好的志愿者，有没有？

维妮立刻把手举了起来。她正感觉局促难安，双腿在课桌下不知如何是好，每次在一个地方坐下超过十分钟她就觉得百爪挠心。只有她一个人举手。满头大汗的西装男让她把一份通知送到八公里之外的镇上他的同事那儿。没等他说完该怎么走，维妮就已经冲出了教室。去镇上的路只有一条。

三十分钟后，大概走了一半的路程，维妮停下来休息了一会儿。她决定把手里的苹果吃掉。由于一直抓着不放，她的左手有些抽筋了。那份通知紧攥在她的右手里。她一边吃苹果，一边打开那个封得不怎么严实的信封。兰卡斯特老师曾经跟他们讲过哈姆雷特的故事。她觉得为了以防意外，最好还是先搞清楚通知的内容。信是用黑色的浓墨水写成的，字迹有些潦草：

重要/紧急：

上面写着：

高夫兰茨学校紧急招聘：
老师一名。（可教授所有年级）
要求：
接受过相关培训；
愿意就地居住；
上课时关闭教室门。（部分朝南，朝东窗户可以有选择地关闭。）
有意向者请立即联系大区负责人威拉德·高德福瑞。

★可以通过电报、信件方式联系，或者前往公民与准公民局办公室（主街143号），抑或直接到入城口左手边第三间房子（房门为黄色）。晚上九点之后请勿来电或来访。

维妮确认自己的处境不会受到任何威胁，便把信折叠好塞回信封，接着用手指上残留的苹果糊把信封封好。她在地上踢出一个小洞，把苹果核扔进去，又踢了一些土把洞口埋上，然后继续剩下的四公里征途。

应门的女孩看起来和维妮差不多年纪，不过比她整洁，编着辫子。什么事？她问道。

有一份通知要给你们。维妮说，她用稍微清爽点的右手把信封递给女孩。

谢谢你。女孩说。确切地说，她应该是一个年轻女子。门口不时走过很多和她穿着一样的女孩，佯装不经意地朝里面瞄上几眼。

你想——女孩又开了口。不过维妮假装没有听到，转身离开。她沿着出城的小道朝学校方向跑去。她不知道自己该如何回答。

第二天是拉塞尔的上学日。到了学校后，他看到门口贴着一张告示：

对不起，今天的课程取消了。请大家明天再来。谢谢大家。对不起。

又过了一天,轮到奥托去上课。学校开门了,讲台前站着一个大家从未见过的女人。她望着狭小的课桌和许多条局促的大长腿,毅然走到教室后面把门关上。在她走回讲台的路上,奥托仔细观察了一下她的小腿,肌肉很发达。她看起来比他大不了几岁,肯定没有阿莫斯和玛丽大。回到讲台上,她拍了拍双手,清了清嗓子。好了,她说,大家好,我相信你们都已经准备好了,以后由我来教你们。我叫肯尼科,埃塔·肯尼科,是你们的新老师。说完,她的脸上露出了灿烂的微笑。

埃塔所在的班级共有十五名女学生。每天大家都穿着一样的校服：鲜橙色的百褶裙，带着几分苏格兰风格。衬衫可以自备，但必须是白色的，还要熨烫平整。一部分女学生住在大教室上面的女生宿舍里。每到早上，埃塔总能听见上面传来一阵阵匆忙的脚步声。埃塔没有住校，她依然和父母一起住在家里。从家到学校的路程并不远，搭乘电车只要二十分钟，步行的话则需要四十五分钟。住在家里的花费会少一些，不过这并不是埃塔不愿意住校的原因。由于姐姐的离开，她希望自己能多陪陪父母，否则家里会太过沉寂和死气沉沉。

当学妹卡洛琳为那个满面灰尘、气喘吁吁的农场女孩打开门时，埃塔已经是二年级的学生了（师范学院的学制是两年）。当时她正好从门口路过，注意到那个女孩似乎是被吓坏了。

那天下午的纪律原理课上，讲师把那份通知大声地宣读了出来。大家纷纷用铅笔记下。周围的沙沙声和喘息声刺得埃塔的耳朵一阵阵发痒。毕竟这里已经很多年没有招过老师了。大部分女学生毕业后就结婚生子，每天的工作就是操劳家务，照顾孩子。宣读完通知后，讲师把那张纸放在讲台一角，以备大家课后来仔细阅读，然后继续讲授自己的棍棒和石头理论。埃塔却坐不住了，默默地从一数到一百，再倒着数一遍。刚数回到零时，她砰的一下把手举起，可讲师当时并没有问任何问题。他正把目光从桌上的笔记本上移开，立刻看到了她的动作。讲师问道：肯尼科小姐，你有什么问题吗？其他人的目光也都刷的一下聚集到埃塔身上。

不好意思，我能去趟洗手间吗？埃塔问。她的声音听起来很紧张，同时又充满期待。

可以，可以，当然可以。

其他同学立刻失去了兴趣，纷纷把注意力移回到讲台上、书本上，或者自己身上。

身后的教室门刚刚关上，埃塔立刻开始狂奔。她冲出校园，沿着小溪巷跑到维多利亚街，又从维多利亚街跑到主街，然后一家一家地看着门牌：121，123，125，127，127A，129，131，133，135，137，139，141，终于到了143。她屏住呼吸，仔细理了理头发，早知道戴个帽子就好了。一、二、三，她走进了公民与准公民局办公室。

我是看了高夫兰茨学校的通知来这里的。她的双手在背后抖个不停。不过她的脸看起来十分沉着、坚毅与成熟。

哦，哦，是的，太好了。你是师范学院的吗？

是的。

你的年龄够吗？

当然。虽然埃塔并不知道他们对年龄的要求是多少。她觉得自己的年龄足够了。

你愿意在上课的时候关上门吗？

我愿意。

哦,那就好。好,不过你必须签署这些文件。给你一天的时间来整理东西,搬到教师宿舍。后天必须开始上课。

就是这样了。埃塔签署好文件,和威拉德·高德福瑞握了握手,然后就离开了办公室。她回到主街上,眨了眨眼睛,又跑回到学校。

一天的课程结束后,其余十四名女学生也陆陆续续地来到主街143号,不过迎接她们的只有门上的公告:

老师们,谢谢你们:

不过职位已经招聘完毕。

对不起。

威拉德·高德福瑞

有一些人不死心,又来到入城口左手边第三间房子门口,黄色的门上也贴着同样的公告:

老师们,谢谢你们:

不过职位已经招聘完毕。

对不起。

威拉德·高德福瑞

6. 勇敢

詹姆斯很喜欢唱歌，总是唱个不停。不过丛林狼的声音可不怎么好听，就像双簧管一样。有时候埃塔会跟着詹姆斯一起哼唱，有时候只是在一旁静静地倾听。詹姆斯唱的大部分都是牛仔歌曲，偶尔也会哼上一两首赞美诗或电台歌曲，这些都是他从狗那里学到的。不过大部分都是牛仔歌曲：

> 哦，不要把我埋葬在孤独的草原
> 那里只有狼嚎和肆虐的狂风
> 我只需一方狭小的坟墓
> 六乘三的大小就已足够——
> 哦，不要把我埋葬在孤独的草原

埃塔跟着低声哼唱。已近傍晚，埃塔和詹姆斯的步伐越来越慢，越来越小。虽然疲惫不堪,但他们的脚步依然坚定。白天越来越长,越来越热。每天早上不到五点半,太阳就已经高悬在空中,一直到晚上九点才肯落下。埃塔踢了踢脚下的一块石头,石头越来越多,看来快到安大略省了。每过一会儿,詹姆斯都要停下来喘口气,他能闻到安大略的气味。当他再次张嘴歌唱时,刚"哦"了一声,埃塔便打断了他。

她突然停下脚步说:如果到了早晨我们还没有出现,你觉得阿莫斯会不会很介意?我真的很累。

走在前面的詹姆斯放慢了速度,等着埃塔走到自己身旁。我觉得他一定不会介意的,他说,我们停下来歇歇吧,等到明天早上再出发。

埃塔很快就睡着了,詹姆斯依然很清醒。他从她的包里拖出一张纸,小心翼翼地轻咬着,以防在上面留下牙齿印记。纸上写着:

你是:

埃塔·格洛丽亚·肯尼科,来自鹿谷农场,到八月份满八十三岁。

家人:玛尔塔·格洛丽亚·肯尼科,母亲,家庭主妇(已故)。

雷蒙特·彼得·肯尼科,父亲,编辑(已故)。

阿尔玛·格洛丽亚·肯尼科,姐姐,修女(已故)。

詹姆斯·彼得·肯尼科，侄子，孩子（未出生）。

奥托·沃格尔，丈夫，士兵/农民（健在）。

詹姆斯费了好大力气才把那张纸塞到埃塔胳膊下，这样她第二天早上一醒来就能看到。

四个月前的一天，由于喘不上气，奥托从梦里惊醒过来。他又梦到了大海。他坐起来，推开毛毯，好像在拨着海浪一般，蹬了蹬脚，直到双腿全部露到外面。天还没亮，空气依然寒冷。他慢慢地摸索到睡袍，紧紧裹在身上。睡袍太长，从手臂一直拖到脚边，就像新娘的礼服。他起身走到厨房，打开冰箱，拿出一个广口瓶，坐到红色的餐桌旁，吃着里面的姜味曲奇。星光透过窗户铺洒在餐桌上。他努力让自己清醒过来，不再去想那些巨浪和令人眩晕的天空。

埃塔从床上起身时，奥托立刻醒了过来，空出来的地方一阵凉风袭来。他听到埃塔窸窸窣窣地穿上睡袍，系上腰带，然后开门和关门。他没有睁开眼睛。他知道接下来会听到浴室里的水声，然后她就会回来了。他在心里默默数了二百五十下，没动静，他又重新数了一遍，还是没动静。最后他也起了床。

埃塔穿着他的睡袍坐在厨房的餐桌旁。埃塔，奥托喊了一声，埃塔。

埃塔？埃塔也喊了一下。她放下就快送到嘴边的饼干，茫然地看着自己的丈夫，表情如同幽灵一般，仿佛看到了镜中的自己。

那我们该怎么办？第二天吃早餐时，奥托问道。那天的早餐是肉桂面包和橙子。

也许我应该离开,埃塔说。我应该去那种专门收留我这种忘记自己的人的地方。

可是我能记住,奥托说,虽然你忘记了,但是我能记住,这样就平衡了。

也许我应该离开。埃托又重复了一遍。说这话时,一缕散落下来的白发落进了她的嘴里,奥托觉得她看起来很像一只鹅宝宝。一切都回归到了原点。

我可能会伤到别人。埃塔说。盘子里的肉桂面包形成一个完美的螺旋,一层包裹着一层,真是太完美了。

你不会的。

你怎么知道我不会的?

我就是知道你不会的。

两个人又继续低头吃早餐。过了一会儿,埃塔问:你今天打算做什么?

我要去帕尔默家,去给他们帮点儿小忙。

那你要戴顶帽子遮挡太阳。

肯定的。你呢?

埃塔摊开左手一个一个数着:腌菜,胡萝卜、大蒜,还有黄瓜。

到冬天还有很长一段时间呢。

可实际上也没有多久了。

是的,我也这样觉得。

拉塞尔已经在路上了。天还没亮，四下里一片寂静。在抵达拉斯特山湖前他只碰到过三辆车，司机都是陌生的面孔。他打开车窗，一阵阵凉风拂过脸颊，让他感到前所未有的清醒和兴奋。他的脸上一直挂着抑制不住的微笑。太阳刚刚升起，他就已经越过了马尼托巴省的边界，朝着更远的东方驶去。

拉塞尔离开之后，奥托竭力让自己再睡一会儿，可是翻来覆去就是睡不着。他只好起身来到厨房，走到放着食谱卡片的餐桌旁边，闭上眼睛，随意选了一张。

方枣糕

（又称结婚蛋糕）

他拿出了面粉、糖和黄油。

* * *

埃塔·肯尼科出现在学校的第二天下午，奥托像平常一样去接拉塞尔放学。他已经完成了给奶牛滴眼药水的工作。灰尘太大，如果不按时滴眼药水，奶牛的眼睛会变得非常干燥。为了舒服一些，它们会闭上眼睛，时间一长，眼睑就会粘在一起，慢慢地就什么都看不到了。每次滴完眼药水，奶牛们都会流下感激的眼泪，有时甚至会哭上几个小时，棕色的泪水纵流不已。滴完眼药水，奥托还要去厨房指导剥皮和切菜。不过现在天色还早，他有足够的时间陪拉塞尔慢慢悠悠地走回家。此刻他正靠在学校旁边的一堆木头上，轻抚着一只高大的金色混血狗的脑袋。旁边还有很多只来自不同农场的小狗，它们都是来迎接小主人的。天太热，小狗们都伸出了长长的舌头。不过这并不妨碍它们竖着耳朵倾听学校里面的动静。一阵嘈杂声，还有学生集合的声音。一天的学习终于结束了。

第一个冲出校门的是欧文，他穿过狗群径直走到奥托旁边。你好，奥托，他说，今天你没来。

就在这时，拉塞尔走到了欧文的身后。奥托！他兴奋地说，这个新老师！这个新老师……走吧，我们回家。快，等离开这里我再告诉你。他一边说一边拽着奥托的胳膊离开。

好，好。奥托说。我们走吧。刚走几步，他突然想起了什么，赶紧回头对着学校方向说：拜拜，欧文，明天见。

奥托，她真是太棒了，拉塞尔依然掩饰不住自己的激动。他们大概走了一百米左右，离学校已经有一段距离了。为什么你没跟我说她那么棒？

我跟你说过我们来了一个新老师，她很不错。

拜托，不错和棒能一样吗？

是，是不一样。

我问了好多好多问题，我希望她能注意到我，奥托。我要把所有能找到的书都看一遍，我要做最优秀的学生……奥托，难道你不认为她很棒吗？

奥托只是耸耸肩，说实话，他不太确定。肯尼科小姐是个好老师，她的小腿很漂亮，可她毕竟是老师，他们的老师。

我觉得她真是棒极了，奥托。拉塞尔依然沉浸在兴奋中，没有别的词可以形容，就是棒极了。

你可以闭嘴了，拉塞尔。虽然嘴上这样说，不过看到拉塞尔这样，奥托也很高兴。毕竟能让拉塞尔快乐的事情并不多。

当然，奥托并非不了解女人，也不是不喜欢她们。实际上，他对女人有所了解，也相当喜欢。每天晚上睡觉前，他的身体都会产生渴望，脑海里会浮现出很多画面，从明信片上的照片到骑着没有马鞍的马的邻家女孩，还有城里的那些女人，每到最热的那几天，汗水就会浸透她们的衣服。可是这些幻想中间一直夹杂着楼下收音机里的各种声音，警报声、跺脚声和叫喊声。父母不知道楼上的孩子们也都沉浸在其中。奥托知道那是什么声音，也知道自己内心的渴望，只是现在的他还没有完全确定。

不过，奥托，你有没有看到她是怎么——

拉塞尔，奥托打断了他的话，肯尼科小姐是很棒，没错，她肯定一直都很棒。我们可以以后再聊，现在我需要你帮我一个忙，我要把收音机偷过来。

拉塞尔立刻闭上了嘴巴，抬头看着奥托。

我不会一直藏着的，只要半个小时左右就可以了。我需要你去引开我妈妈的注意力，这样我才好下手。只要让我听一会儿就行了。我可不想一直透过地板偷听。我要的是真正地听，半个小时就行。然后我就会把它还回去。

你是想了解一下那方面的事情。

是的。

就是那些她不希望我们知道的事情。

没错。不过，难道你不想吗？你不想知道吗？

想啊，可能吧。也可能不想。我信任你妈妈，奥托。

……不过，你还是会帮我吧？是不是？

是啊，当然了。

奥托的妈妈非常爱自己的孩子。在她眼里，拉塞尔和自己的孩子一样，唯一的区别是她对他更温柔一些。她深谙自家孩子的德行，知道他们已经习惯粗鲁的生活方式,并从中学习和掌握了很多技巧。可拉塞尔不同。她并不完全了解他,所以很怕自己不小心伤害到他。这也是奥托让拉塞尔帮忙的原因。他知道妈妈绝对不会对自己让步,唯一可能让她让步的只有拉塞尔。

那台收音机是奥托的爸爸用零部件千辛万苦地组装出来的。要知道,作为一个农夫、父亲和丈夫,他可以利用的闲暇时间并不多。还好最后成功了。不过,由于缺乏某些零件,收音机的精确功能少了许多。比如无法进行音量调节。只要打开它,整栋房子里都能听到。声音穿透天花板和地板,从楼上传到楼下,从楼下传到楼上。到时候,奥托的妈妈也会听到。所以他必须让妈妈离开这栋房子,最好离开院子。到时候他就能尽情地寻找自己想听的内容了。

那么我应该怎么做呢?拉塞尔问道。他们就快到家了。沃格尔家的其他孩子们早就超过了他们,走上了车道。

小鸡。奥托说。

小鸡?

没错,我有一个计划。

他的计划是把一只鸡放到树上,放到离家较远的防风树上,最好是尽头的那棵树。然后谎称这只鸡想要逃跑,飞到了树上,由于惊吓过度,不愿意飞下来。

妈妈总是有办法对付这些鸡,也只有她能想出办法来。只要你去找她，她就一定会来帮助你的。

你的意思是让我去找她？

是的。求你了。

好，好的，奥托。

谢谢你，不过，我们必须先把一只鸡弄到树上。

拉塞尔的腿脚不便，爬树的事情只能交给奥托了。拉塞尔到院子里抓了一只鸡藏在衣服下面，装作若无其事地从房门口经过，然后朝着防风树走去，径直走到倒数第二棵树旁。他用双手把小鸡紧紧抓成一团，生怕引起别人的注意。小鸡也没放过他，不停地挠着、啄着他的胸和肚子。等他赶到时，奥托已经在树上了。

这个小畜生生气了，他仰着头对奥托大叫道，它快把我弄死了。

它才不会呢。你小心别把它弄死了。别抓得太紧，否则它会闷死的。

我不会的。

那就行。

拉塞尔站到树下，抬头看着树上的奥托，他正坐在树枝上，两条腿垂在拉塞尔的头顶上。

好了，奥托说，把它掏出来递给我。

拉塞尔毫不费力地说服了奥托的妈妈，她非常愿意帮助他把小鸡从树上救下来。

妈妈，我也叫它了，可是它不搭理我，反而跳到更高的树枝上。我想只有你能把它弄下来，它一定会听你的话。

当然了，拉塞尔，它会的。小鸡和孩子是一样的，等我一下，我马上就出来。

拉塞尔站在门口等着。一分钟之后，奥托的妈妈出来了。她手里拿着两条捆好的毯子。拿上毯子是怕万一小鸡不下来，我们不得不强行抓它或者把它压住。她一边解释一边大步朝前走去。他们前脚刚走，奥托就像只狐狸一般悄悄地溜到房子里。

这台收音机真是太漂亮了。虽然外面乱成一团，像个大杂烩，但里面却充满了各种声音，说话声、音乐声，还有各种观点理念，都能从遥远的地方传来。奥托深吸一口气，打开了它。

没有声音。

奥托把前前后后的旋钮都扭了一遍，能动的按钮都动了一遍。

还是没有声音。奥托紧盯着收音机，收音机似乎也在盯着他。时间不多了，他顺着每条边缝摸了一遍，没有什么新旋钮、开关或面板。最后他用尽全力把整个收音机扭了一下，后盖开了。里面是放电池的小格子，格子里面什么都没有。

远在防风树旁的奥托妈妈和拉塞尔把疲惫恼怒的小鸡塞进其中一条毯子里，她另一只手臂下夹着的毯子里装的正是那些电池。

该死的，奥托十分气恼，该死的，该死的，该死的。

你妈妈很聪明的，拉塞尔说，我早就告诉过你，她很聪明。

我知道她很聪明。真是该死。

你应该庆幸那只鸡没有从树上掉下去摔死。

鸡也没那么笨，拉塞尔。

那不一定。

再笨也不会那样做。真是该死。该死！现在该怎么办？这附近没有人有收音机了。只有城里人才有。可他们都把它锁起来了。

好了，拉塞尔说，还是有人有的。

锁起来的？

不，我说的是有收音机。

什么人？

我姑姑和姑父。他们有台收音机，我们家有台收音机。

奥托立刻停下了脚步。他们一直在随意地踱来踱去。什么？他大叫一声，你说什么？他的脸涨得通红，像在太阳底下烘烤了几个小时。拉塞尔！他嚷嚷着，该死的，你怎么不早说？

我信任你的妈妈。她知道如何保护孩子。她是为了保护你们。

该死的，拉塞尔。听一下收音机不会死人的。我们现在就去你姑姑家。

拉塞尔姑姑家和沃格尔家的风格完全不同。整个房间被装饰成蓝白色，非常安静，到处都是易碎的东西。之前奥托只进来过一次，那还是在有一次拉塞尔生病的时候。对奥托来说，现在的感觉和当时一样，就像是在医院里，或者说是奥托想象中的医院的样子。他们坐在客厅中间的地板上，听着加拿大海外广播电台播音员沉稳的声音。两个人都直视着前方。拉塞尔越听越冷，他的眼前不停地闪过收音机里播放的消息的画面，一旁的奥托却越来越激动。拉塞尔的姑姑正在隔壁房间里为他俩准备咖啡。

你们还不够年龄。两个人急匆匆地穿过田地。他们还要帮忙准备晚饭，不过已经迟了，太阳都快下山了。

快了，我们很快就够了。

那就等到了年龄之后再考虑吧。

做计划啊，拉塞尔，我们必须做好计划。如何告诉家人，还有你姑姑、姑父。我们还要知道需要打包哪些东西。

打包你该打包的呗。

是打包我们该打包的东西，拉塞尔。还有两个月我就十七岁了，再过五个月，你也十七了。我可以等你五个月。

那你要等上一辈子了，他们不可能要我的。

他们当然会要你的，拉塞尔，你那么聪明。你比我聪明多了。

他们不会的。这和聪明与否无关。你知道他们不会要我的。

说完，拉塞尔停下了脚步。奥托也紧跟在他身后停了下来。可是，拉塞尔，奥托说，如果他们不收你的话，你打算做什么呢？

我就待在这里，我会等着。然后去上学。我不担心自己。

拉塞尔，如果让我待在这里，我会憋疯的。

可我不会。

好吧,那让我们看看他们会怎么说。

他们会说不行的。

到时候再说。还有七个月呢。

第一天的课结束之后,埃塔没有立刻离开。她站在教室前面,努力回想着,试图把每个学生的名字与座位对上号。绕着桌椅转了三圈之后,她把手上的粉笔灰朝身上一擦,收拾东西离开了学校。她住在离学校五十米远的教师宿舍。

前一天刚到达时,她看到宿舍里整整齐齐地摆放了不少东西:折叠好的毛巾、洗碗巾和床单;茶壶、茶杯、茶匙。就像是考古学家为各类文明证据进行的细致分类一般。不过摆放东西的人已经走了。整个房间只剩下埃塔和那些毛巾茶壶。她想打开门吹吹风,这样的话至少还有低沉的风声陪伴她。但一想到之前的那个老师,她还是放弃了这个念头。

一天的工作结束了。房间里的一切都和昨天一样。那些摆放整齐的东西未曾动过。她脱下鞋子,坐到桌子旁边。桌子上覆盖了一层土——只要她一出门再进来就会这样。她毫不在意,继续自己的工作——她画了一张图表:

莫娜——斯图尔特　　乔希——理查德　　艾米特——史蒂文
露西——爱丽　　　　格伦——艾拉　　　约瑟夫——贝西(大)
维妮——博妮丝　　　歌莉娅——贝西(中)　欧文——奥托
　　　　沃尔特——苏　　　莎拉——阿莫斯

她一边用有点脏的手指指着每一个名字,一边用心回想他们的特点。莫娜:金色的辫子,还不会加法;斯图尔特:牙齿掉了,不爱说话;乔希:笑得很开心,开始学数数……欧文:卷发,学习很用功;奥托:很快乐,身上有晒斑。

夜深了,可她根本睡不着,她已经习惯了睡觉时的嘈杂:脚步声、窃窃私语声和呼吸声。而这里太寂静了,静到只有她自己的心跳声。她只好数着心跳入睡,数啊,数啊,一直数到三千一百二十才进入梦乡。

由于睡得太晚,她忘记把卧室的窗帘拉开以迎接早晨的阳光。等到第二天醒来时,太阳已经高高升起。她急匆匆地朝学校跑去,大部分学生都已经在校门口晃来晃去了。由于太过匆忙,来不及从箱子里拿出袜子,她只好赤脚穿着皮鞋。她从人群里挤过,走到门口,打开大门,然后站在一旁,等着学生们一个接一个地走进教室,坐到自己的位置上。这都是她的学生。但有一部分不是,大概有一半的陌生面孔,也就是说昨天的学生中有一半人没来。她朝教室前面走去,这时坐在后排的一个新学生举起手来。

什么事?

小姐,你好,我是拉塞尔。我昨天不在。我觉得有必要向您做一下自我介绍。

陆陆续续地又有六只手举了起来,就这样,埃塔又认识了六名新学生。她在脑海里迅速抹掉昨天的图表,重新建立一个新的图表和名单。只要可以画图列表她就能应付好这一切。名字、座位、长相。

好了,她说,首先欢迎新老同学们的到来。莎拉,麻烦你关一下门好吗?请大家都起立,我想我们先来唱首歌吧,今天要唱的是《永远的枫叶》。

所有人都站了起来,拉塞尔也不例外。虽然腿脚不好,但他却是站得最快和最直的一个。

7. 世界

拉塞尔开着车一刻不停地向前疾驰。直到他根本睁不开眼睛，只得停下来睡一觉。醒来之后，他仔细环顾了一下四周，已经穿过了半个马尼托巴省。油箱里的油已经所剩不多，他的肚子也咕噜噜地叫个不停。看来人和车子都需要补充能量了。更重要的是，他需要完善自己的计划，找出最有希望找到埃塔的那条路。可拉塞尔并不善于制订计划。他总是凭着感觉前行。他打开杂物箱，翻寻了半天也没找到地图，其实这并没有出乎意料之外。他从来没有买过地图。他不需要地图告诉自己如何从农场到奥托家或到城里。算了，还是朝东走吧，他想，直到遇到下一个加油站。

半个小时之后，他驶进了某个城镇的郊外，那里正好有加油站和餐厅。他把车停了下来。

服务员是个孩子，大概只有十岁出头。她端着装有鸡蛋和面包的盘子径直朝他走来。今天没有西红柿，她解释道，平时我们会配上煮熟的西红柿，不过今天没有，对不起。

哦，拉塞尔说，没关系。时间还早，整个餐厅里只有他一个客人。谢谢你。

不客气，女孩说，那你想要什么呢？用来替代西红柿的？我们厨房里有香蕉、胡萝卜和曲奇饼干……

呃，一根胡萝卜吧？拉塞尔说。

作为早餐吃？女孩有些吃惊。

是的……配着鸡蛋和面包？不可以吗？我应该要香蕉是不是？

我有一些饼干，是我自己的。

于是拉塞尔点了饼干。女孩回到厨房把饼干拿出来，然后伸直手臂递给拉塞尔。饼干是葡萄干燕麦味的。

谢谢你。拉塞尔说。

哦，不用谢。女孩回答他。她把一只手搭在桌子上，完全没有要离开的意思。拉塞尔切开鸡蛋，把其中一小块放到面包片上，然后轻轻送到嘴边。女孩在旁边紧盯着他，似乎有些无聊。

好吃吗？她问道。

好吃……谢谢你，拉塞尔说，谢谢。

这个做起来很简单，她说，只要把鸡蛋煮熟就行了。我一直都是这么做的。

哦，是的，拉塞尔说，不过还是很感谢。他又切了一块鸡蛋，这次不小心碰到了蛋黄，蛋黄液立刻流到了盘子里。对了，他问道，你不是应该在学校里吗？

不，她立刻回答说，我不去学校。我是在家里自学的，便利学习法。你听说过吗？所以我才有时间经营这个餐厅。我知道学习是非常重要的，尤其是数学，只有这样才不会把鸡蛋、面包和曲奇的价格算错，是不是？把你给我的钱减去应收的费用就是找零。而且，还能算出你给的小费是不是很可观。我知道学习的重要性，我只是没有去学校而已。只要我愿意就会有很多孩子来到我身边。比如在周三会举办"大人收费、孩子免费"活动，到时候就有很多孩子来这里。

你的父母呢？

在多伦多。我们独立经营这家餐厅已经有四年了。说到这个，我想我该去看看派有没有好。我走后你不会感到寂寞吧？

哦，不会。我没事。不过我能再问一个问题吗？

当然可以。

你有没有看到过一个上了年纪的老妇人，独自一个人，可能浑身脏兮兮的，来到过这里或从这里路过？……等等，我有她的照片。拉塞尔从后兜掏出钱包，然后从两张五美元的纸币中间抽出一张皱巴巴的黑白照片。这就是她，他说。不过这张照片有些年头了。喏，是那个女的，不是那个男的。

照片中的埃塔穿着一套象牙色的礼服，宽松的衬衫，窄窄的裙子，锥形的外套。她的笑容很灿烂。这是她的结婚照，是拉塞尔拍的。

这是她六十年前的样子,不过现在也没多大变化。拉塞尔说。

这个男的不是你。女孩指着照片上的奥托说。

是的,不是我,拉塞尔说,这是奥托。

太奇怪了……女孩小声嘀咕着,我没有见过她,不过我很少从店里出去。等一下,我把洗盘子的男孩叫来问问。

说完,女孩转身向厨房走去。拉塞尔依旧不停地吃啊吃啊。没过多久,女孩回来了,身后跟着一个戴着眼镜、满脸雀斑的小男孩。那副眼镜被一层雾气笼罩着。这是我弟弟,女孩介绍说,他负责清洗碗和盘子。她又回过身跟男孩说:把你告诉我的话再跟他说一遍。

男孩说:窗户就在我洗碗的水池旁边,透过它能看到公路和后面的田地。每天我都能看到很多货车、拖拉机、收割机。有时候还会看到动物,比如小鹿——

鹿?拉塞尔立刻问道。

是的,是的,男孩很兴奋,大部分是母鹿,不过偶尔也能看到有鹿角的大公鹿,还有鹿宝宝,我知道它们是小宝宝并非因为它们个头小,而是——

蒙迪!女孩戳了戳他的胳膊制止道,别闲扯了!把你跟我说过的话告诉他!

哦,不,拉塞尔说,不用——

还有,男孩接着说,我还看到一位女士,我想应该是昨天早上,当时我还觉得她要么是巫婆,要么是个女圣诞老人。

拉塞尔的心立刻缩成一团。是位女士吗?上了年纪的?她看起来好吗?有没有受伤或怎样?

她好像在唱歌。她看起来很不错,好像会魔法的样子。

那她现在在哪里?由于说得太快,拉塞尔差点喘不过气来,他只好顿了顿,又问了一遍。(气喘吁吁)她朝哪边走了?(喘气声)哪个方向?(喘气声)你能判断出来吗?

东边,朝着太阳升起的方向。

好,太好了,真是太好了,谢谢你,非常非常感谢,蒙迪,还有你——

我叫科迪利亚。

也谢谢你,科迪利亚。

女孩和男孩一起朝厨房走去,走到半道,男孩又停了下来。呃……他迟疑了一下。

什么事?拉塞尔问他。

呃,好吧,如果你找到她,能不能告诉她我很不错?

当然,蒙迪,一定会的。

回到车子里,拉塞尔打开从加油站商店里买的地图。马尼托巴省和西安大略省(按比例绘制——包括自行车路线和国家公园)。马尼托巴境内的湖泊真不少,不过安大略省更多。当你一路向东时，会发现四周越来越蓝，越来越湿润。假设埃塔知道这一点，或者她也有一张地图的话，她会选择靠近南面走，也就是这一大片一大片水的下面。她一天能走多远呢？二十公里？白天已经变得很长了。拉塞尔又盯着地图看了几眼，在心里默默计算着，最后把它放到副驾驶座上。他下了车，回到商店里，买了一个印有"OK MANITOBA[1]！"字样的背包、五包咸花生、六瓶果汁、一大袋家庭装饼干、两条能量棒和一个手电筒。他已经有了一个计划。他会继续沿着餐厅后面的田野向东行驶二十公里，然后下车寻找脚印。过去他就靠这个方法找到过鹿。他知道如何识别脚印，如何循着脚印追踪。

　　蒙迪和科迪利亚站在餐厅厨房的窗子后面目送拉塞尔离开，蒙迪不停地挥着满是肥皂沫的小手。

1　MANITOBA即马尼托巴省。——编者注

埃塔和詹姆斯刚刚吃完午饭。埃塔的午餐是加了花生黄油的热狗和野草莓，詹姆斯则抓到了一只老鼠和一只熟睡的飞蛾。头顶太阳正毒，他们只好在阴凉处休息一阵儿再上路。埃塔从包里掏出了纸和笔。

你要做什么？詹姆斯问道。

我要写信。

写给谁？

奥托，你不认识他。

说不定我认识他。

他住的地方离这里非常远。很远很远，对你们丛林狼来说也很远。

对你来说不远吗？

对我来说也很远。

在哪里？

在萨斯卡彻温省。在那座长长的大湖的另一边，比那还要远。

可是，詹姆斯说，那你走错路了。我们走的路不对。

埃塔想了想说：我们走的是一个圈，詹姆斯，从这条路出去，然后从那条路回来。

我知道了，詹姆斯说，一个很大很大的圈。

你见过大海吗，詹姆斯？

没有。

我也没见过。

不过我们会见到的。

是的,我们会见到的。

埃塔把纸和笔放到一边,抖了抖膝盖,上面的面包屑纷纷落下,吸引了不少小鸟前来觅食。他们继续上路,背朝着太阳大步向前走去。他们一路走一路唱着《约翰尼苹果佬》和《平原上的窈窕淑女》,有时候埃塔只是唱着和声。

几个小时之后,他们面前出现了一座被森林环绕的湖泊,一直向北延伸。

看来我们只能顺着南岸走了。埃塔说。

是的,詹姆斯说,我打赌我们很快就能到安大略了,最多还要一天。

很好,埃塔说,真是太好了。她甚至都感觉不到脚疼了。

是的,不过,埃塔,詹姆斯说,安大略可不像大草原,那里的一切都大得多。

我已经习惯了大的东西。无边无际的蓝天,广袤的田野。

不,我指的不是这些。我说的是其他东西,比如石头,那里的石头都很大,还有湖泊和树木。

你怎么知道这些的?

我听臭鼬说的。它们喜欢四处游荡。这都是它们说的。

那没关系,埃塔说,石头是可以交谈的,树木也很友好。至于湖泊，我们可以找个小型充气船，携带起来很方便。你能坐船吗？

我不知道，我从来没试过。

好吧，到时候再看。希望没问题。到时候只要小心你的爪子就行。没问题的，别担心，安大略不是问题。

好的。希望如此。不过，埃塔，还有雨水，那里雨水更多，即使是在春天和夏天。你必须要考虑下雨天如何睡觉的问题。

刚才你不是说臭鼬说那里有很多大石头和大树吗？

是的。

那就行，晚上我们可以躲在那里。而且白天还能凉快一点儿。雨是个好东西，詹姆斯，当我们张大嘴唱歌的时候就像在喝酒一样。

亲爱的埃塔：

　　对我来说，对你保守一个秘密比传播一个你告诉我的秘密更难。你怎么看？不管怎样，我已经选择了后者。我告诉拉塞尔了，埃塔。我告诉了他你到底在做什么，还有，你在什么地方，虽然我也不是很确定。对不起。我无法做到在拉塞尔面前闭口不谈和你有关的事情。结果他对我有些气恼，然后就离开了。他要去找你，朝着东边去找你。他开的是那辆银灰色的卡车，你见过的，到时候你注意一下。他很担心你，想要帮你。我跟他说我不担心，其实并非如此。我以为我那样说他就会放下心来，谁知道他依然担心不已。他非常激动，我已经很多年没见他那么激动过了。然后他就离开了，循着你的足迹，一路向东。不知道听到这事后你会怎么想，不过我觉得有必要告诉你。我知道，如果你不想被他阻止的话，他就一定阻止不了你。

　　我依然待在家里，一切都很好。前几天我做出了非常美味的萨斯卡通草莓派。厚实的蛋糕，上面覆盖着一层亮晶晶的糖霜，真是太好吃了。面粉和黄油又用光了，明天我还要去城里采购一些。

　　我现在起得越来越早。每天早晨太阳五点钟升起，而我早已做好了迎接的准备，总是端着一杯无因咖啡在厨房里恭候着。而到了晚上我却精神得很，即使天完全黑透，眼睛还是不想闭上。不过由于疲惫，我经常感到浑身酸痛。有时候趁着食物还在烤箱里，我会去眯一会儿，甚至直接趴在餐桌上打盹儿。我知道这样不卫生，不过我会在吃饭之前把桌子擦干净的。

好了，我要去清理杂草了。如果不管不问的话，那些蓟能长到膝盖那么高。

希望你一切都好。一定要在树荫下行走和休息。有时间的话给我回信。每次我都会把你的来信大声念出来，这样咱们房子里也算有了声响。

一直惦记着你的奥托。

奥托把信纸折了三折，然后塞进信封里。可是他不知道该寄到哪里去。信封上只有妻子的名字。最后，他把它放在桌角那摞整整齐齐的信上，那都是他写给妻子的信。而一旁是她给他的来信。

* * *

他们在拉塞尔姑姑家逗留的时间越来越多。每逢上学、干活儿或睡觉的间隙，他们总会坐在蓝白相间的客厅的地板中间，面对着收音机一动不动，就像在听人演讲一般。大概半个小时之后，拉塞尔的姑姑或姑父，或者是两个人一起轻轻地敲敲门，端进来一个托盘，上面放着咖啡和涂满奶油的面包。然后他们也坐下来，聚精会神地听着收音机里传来的声音。无论是新闻报道、预报分析，还是一长串一长串的本国的、外国的人名，采访，大家都听得津津有味。每个播音员都发音标准，吐字清晰，声音沉稳有力，带着英格兰人的味道，反倒不像是加拿大人。不过每到采访时，他们就能听到熟悉的本地腔调——快而生硬。有时候冷静的记者们会适时地用简短的问句或评论打断受访者的话：不是吗？是的，我明白了。啊，哦，哦，哦。不过一般情况下，他们会让受访者尽情地讲述发生在自己、表兄妹或者邻居们身上的故事，一手的、二手的，甚至只是道听途说的。

其中，有一个关于囚犯的故事。他们远离家庭与工作，生活里不再有收银机、书籍、烤炉、猫、老板和朋友。所有人都挤在一个狭小的牢房里，那里只有一扇非常非常小的窗户，而且离地很高，高得没有人能够得到，即使三个人相互踩着肩膀向上攀爬，最终也只会摔倒在地。那里没有食物，没有厕所。每个人都互相倚着站在那里，连睡觉也是如此。冷的时候，也只能靠对方的头发、衣服甚至呼吸来取暖。他们就这样度过了三天。站在堆放垃圾角落里的人每三小时更换一次。一开始的时候你会觉得那里的恶臭让人窒息。不过等一轮快要结束时，你已经完全适应了。因为所有人的手表都被拿走了，所以他们一直在大声计数。大家把脖子伸得老长，对着窗户的方向，肚子咕噜咕噜地叫着，全都期望这计数快点结束。这就是三天的全部内容，和这里的任何一所监狱、任何一间牢房别无二致。在过去的这些年里一直都是如此。直到有一天，根据窗户里透进来的光判断应该是接近中午时分，所有的孩子和婴儿都飞了起来。由于太饿，他们的身子变得很轻很轻，因此才能飘浮在半空。由于身在高处，他们很容易就明白了自己在做什么以及应该做什么。他们挥舞着手臂径直朝唯一的窗户飞去。其中一个七岁的女孩是锁匠亚伦和希尔德·彭博夫妇的女儿，她把瘦骨嶙峋的胳膊伸到格栅外，打开扣住窗户的窗闩，然后一把将它扔掉。孩子们一个接一个地把方块形的玻璃传递到下面的大人手中，以防掉下去砸到人，然后再一个一个地飞上去。大一点儿的孩子紧紧握着小婴儿的手。收音机里说，没人知道他们去了哪里，也没人知道他们后来有没有着陆，据推测他们可能去了瑞士或中非地区。

还有一个和土地有关的故事。那里原本长满了金灿灿的庄稼，可是一夜之间突然变成了红色。政府陆续派了很多画家和科学家过去研究，结果他们回来后也变成了红色，从头到脚，从皮肤到衣服，无一幸免。由于这些可怜的画家和科学家的遭遇，再也没有人敢去买或者吃那些红色的谷物。那块地慢慢地就荒废了。

每一天都会有新的采访、新的故事。

很快就到了奥托的生日。正好是个周六。晚饭时，维妮做了一个苹果蛋糕。其他人唱起了生日祝福歌，这都是肯尼科小姐教给他们的。晚饭后，奥托的妈妈给他放了假——不用再做任何家务。这是独属于小寿星的奢侈。奥托来到防风树林里，躺在阴凉而柔软的草地上。没过多久，拉塞尔也吃完饭过来了。奥托，他说，你应该去。

不。奥托说。

去吧。拉塞尔说。

不，奥托说，我不去，我要等你，拉塞尔，就这样吧。他交叉着双腿，闭上眼睛。五个月，他说，只有五个月了。

一切照旧。奥托依然去学校学习越来越多的字母、单词、歌曲和数字，不过掌握得不大牢靠；农场的活儿也没落下，帮马抓扁虱，清除沙地里一排排的野草。不过隐藏在心中的渴望却让他每夜都无法安睡。这种状况一直持续了五个月。拉塞尔的生日终究还是到了。这一天，他和拉塞尔来到城里最近的征兵办公室门口。过去这里是健身馆，每周一、三、日中午之后教舞蹈课。房间很大，正中间摆了一张办公桌，桌子后面坐着一个身穿军装、戴着深绿色三角帽的男人，那帽子很像他们用纸叠成的小船。奥托和拉塞尔战战兢兢地走了进去，房间里只有他们三个人。军官站了起来，没有说话，只是机械地拿起桌上的两张纸递给他俩。

桌子上已经满满当当的了，奥托和拉塞尔只好把表格摊在地板上。奥托仔细地看着每一页，然后在脑海里小心翼翼地读着每个问题。

  姓？

  教名？名字？

  出生日期？

  住址？

  参军原因？

  不参军原因？

他慢慢地提起笔，郑重地写下一个个字母：V-O-G-A-L，O-T-T-O，字写得有些歪歪扭扭，看起来很幼稚。他朝拉塞尔看了看，拉塞尔似乎已经填好了，正无聊地用铅笔敲着地板。拉塞尔，他没有抬头，只是压低声音喊道，我看你已经填好了，你能帮我一下吗？

拉塞尔把奥托的表格拿过去，熟练地填起来。这里我该填什么？他用铅笔头指着最后两题问道。

就填"不参军的话我会疯的"。奥托说。

我觉得不能这样填。拉塞尔说。

我知道，我知道，好吧，就填"我想看看外面的世界"。

拉塞尔依照他说的填好了。那下一题呢？

就填"没有"。

就在这时，奥托看到了拉塞尔的表格，他在最后一题下面写道：腿有缺陷；不想去。而倒数第二题下面，他什么都没填。

在他们填表的时候，那名军官慢慢地把桌上一堆堆的表格整理齐整。当他们把填好的表格放到桌子左边那堆整齐的文件上时，他也没有抬头，只是稍微抬了一下眼睛，准确地说，只露出细细的一条缝。我知道你们很担心，他喃喃地说，没必要，真的不需要。没事的，我向你们保证，不会有问题的。

三个星期之后，他们收到了回信。信封和军装的颜色一样，都是柔和的绿色。奥托要在四天内赶到里贾纳办事处听候派遣，而拉塞尔则毫无意外地落选了。

学校和教师宿舍的四周被一大片广阔的草地环绕着。在这里，埃塔学会了不同的倾听方式，她已经练就了一双灵敏的耳朵。无论是细微的还是宽广的声响，她都能辨认出声音来自于谁，发声者的类型和状态，等等。她甚至可以从昆虫的叫声中推测出它是逆风还是顺风而鸣。还有房间里的木墙与太阳的交谈声，几公里之外靴子踩在砾石路上的咔咔声。当然，其中一定少不了孩子们带着小狗穿过田地朝学校走来的喧闹声，以及经过谷地时衣服和叶子摩擦发出的沙沙声。

渐渐地，她终于摸清楚了那些轮流上学的孩子们的规律。比如沃格尔和拉塞尔，一人隔一天来学校。一天早上，当孩子们都找到位置坐下时，她问道：拉塞尔，为什么你也来上学？你不是沃格尔家的啊。还没等拉塞尔说话，坐在前面的艾迪立刻回答道：他是我家的，只是姓不同而已。妈妈说他是奥托的孪生兄弟。

拉塞尔不好意思地笑了，小脸涨得通红。一旁的欧文做了个鬼脸，嘴巴里咕哝着什么。其他同学也都咯咯地笑个不停。小瘸子。欧文又咕哝了一句，这一次他说得更大声，大家笑得更加厉害。坐在左边的女孩子们都纷纷向下盯着拉塞尔的腿。拉塞尔挺直腰，目不斜视地向前看。

好了，埃塔说，好了，够了。大家集中精神，今天我们先来唱

"约翰尼苹果佬"。拉塞尔,你负责打拍子,格斯和碧翠丝,你俩负责跺脚,声音要响亮,要让狗都叫起来,大家准备好了吗?

来到高夫兰茨学校的几个月里,埃塔听到了很多过去从未听过的声音,这些声音对住在附近的人们来说也是无比新奇的。比如,每天一大早二十二个孩子的高歌声。歌声随风穿过梅布尔·麦圭尔家的牲口棚,他正在给奶牛挤奶。歌声飘到拖拉机上的利亚姆·罗杰斯耳边,他一边开车一边跟着哼上几句。还在床上的桑迪·戈尔兹坦总是伴着歌声小心翼翼地穿好衣服挪下床。如果碰到他们熟悉的旋律,所有人都会跟着哼唱,于是歌声越传越远,越传越远。

第二天,还没到上课时间,不少学生都在院子里玩耍。露西和格伦正在向埃塔介绍他们的新朋友——一条瘦瘦的灰狗。奥托和兄弟姐妹们还在来学校的路上。一看到奥托,欧文立刻从人堆里冲出来。嗨,奥托!他大声喊道,早上好,要不要我帮你补习一下昨天的功课?

奥托迟疑了一下,他张了张嘴,似乎想说些什么。不过,他还是什么都没说,只是举着拳头向欧文挥去。欧文向左边一避,拳头打在了他肩膀上。孩子们见状都纷纷叫嚷着跑开。奥托仍不罢休,这一次他击中了欧文的胸膛。你不许,他一边打一边说,你永远都别——欧文个头小,只能跟跟跄跄地向后躲开,不料脚下一滑,脑袋一下子磕在了砾石路上。奥托立刻压到他身上,周围扬起一阵灰尘。

不远处的埃塔透过孩子们的脑袋缝隙看到了这一幕，最初她以为他们是在打闹，但后来发现自己判断错了。

老天啊！她大叫着。看热闹的孩子们立刻把目光转向老师，在他们看来，说出这种冒犯话[1]的老师比打架还有看头。埃塔挤过人群来到欧文身旁。他仰面躺在地上，呼吸微弱，眼睛睁得大大的，鼻子和后脑勺都在冒血，看起来惊恐不已。奥托慢慢地向后退，奄拉着胳膊。你，你今天别上学了！埃塔厉声说道，奥托·沃格尔，你回家吧，就你自己。等今天放学之后你来找我！

奥托什么也没说，转身朝回家的路走去。他的兄弟姐妹们也没吭声，只是呆呆地看着他的背影。维妮想追上去，但沃尔特一把拉住了她的胳膊。

埃塔竭尽全力地把欧文扶起来。他比她想象中轻了太多。隔着衬衫，她感到他的肩膀就像刀片一般瘦削。谢谢你，他说，不过我没事。他用袖子擦了擦鼻子，上面立刻一片殷红。

我愿意做出解释，放学后，奥托站在空荡荡的教室门口说，不过我要说明一下，我是来解释的，不是道歉的。他一边说一边走到埃塔坐着的桌子旁边。埃塔从未这么近地看过他，他比她高，似乎还要年长几岁。她甚至能感受到他身上散发出的热腾腾的怒火。

---

[1] Jesus Christ 是耶稣的正式叫法，但也是口语。真正的基督教徒都不会乐意听到这种用法，因为违反了教规，是一种冒犯。——译者注

你先坐下来，她说，坐下来解释。

拉塞尔，奥托说，他是这里的所有人中最聪明的一个。他既聪明又友善，而且非常有能力——

说这话时，他依然站着，就好像在作报告。

他什么都在行，所有的一切都在行，除了无法自己站起来。所以我要替他站起来。所以我们要为他站起来。说完了这些，奥托似乎有些放松，他把身子轻轻地倚在厚重的教师桌子上。

欧文说他什么了？

那有关系吗？

也许。

人们也可以说欧文的闲话。他们可以说，但是他们并没有这么做。我们不会这么做。因为恶语是很伤人的。可以说是最伤人的。不是有句俗话吗，"恶语伤人六月寒"。

埃塔陷入了沉思。在阿尔玛离开时，人们都在背后议论纷纷，当时她内心充满了深深的、无法预料的怨愤，她以自己的身体为盾牌去阻挡那些流言。这种痛苦一直伴随着她的大学时光。但你不能打人。虽然这样说，但她并不确定。她也曾用拳头回击过几个过去的朋友的臭嘴。就在这时，她突然意识到了什么。不管怎样，你不能在这里打人，她说，你应该先告诉我，我会和欧文谈谈的。

那不是你的责任。

当然是我的责任，我和你们是一样的。

不是的。

……

……

那么，如果你不在这里的话，拉塞尔该怎么办？当你不在这里的时候怎么办？

我会想出办法的。奥托说。

埃塔重新调配了座位，她把欧文调到了教室的另一边，不再跟奥托和拉塞尔坐一起。欧文眼睛下面的黑色肿块还没有完全消退。现在的他每天只是直视着讲台，专心听课，然后一个人回家，吃晚饭。他的新同桌苏很同情他，不但轻声细语地安慰他，还会轻轻抚摸他头上那块被剃光的地方。不过他总是不理睬她，自顾自地看书、学习。

一个星期后，一天的学习结束，孩子们都带着各自的小狗朝四面八方的家里赶去。埃塔也捆好了二年级和三年级学生交上来的作业。作业题目分别是"为什么我想当国王或王后"和"为什么我不想当国王或王后"。这时她注意到奥托还没有离开，正坐在后面的座位上。

我觉得我应该道歉，他说，不是为我对欧文的所作所为，而是为那天我和你说话的态度。我觉得我应该跟你说句对不起。我不会那样对我的父母说话，所以，我也不应该那样对你说话。

谢谢你，奥托。你这样做我很高兴。我本来打算判你三个星期的作业为不及格。

奥托没有说话。

过了好一会儿，奥托说：哦，好的，好的，对不起。

埃塔笑了：我接受你的道歉。你可以回家了。

可是奥托哪儿都没去，依然一动不动地站在那里。

奥托？我要锁门了。

哦，对不起，当然。只是，我想，请你帮我一个忙。

听到这话，埃塔把手里的作业本又放回到桌子上。

你肯定注意到了，我觉得，奥托有些语无伦次地说，我在单词、阅读，甚至书写上都很不行。我的意思是，我可以，我会，我还算个新生，不过毕竟学得迟了，对我来说这些真的难得多。那些年纪小的孩子们很快就能掌握了，他们的脑子空间大，可是我的脑子里已经塞了很多东西了。所以……

接着，奥托又告诉她欧文帮助自己学习的事情。开始的时候是用树枝在地上书写，再后来，每次吃午饭的时候用铅笔在纸上教他。然后，奥托继续说道：他本来会给我写信，我，我要走了……去打仗，他本来会给我写信，我也可以给他回信。那样等我到了那边，我就可以继续练习……他没有说下去，他觉得不需要把所有话都直接说出来。

埃塔的右手在桌子下面攥得紧紧的。一切正如阿尔玛所说的那样,四面八方的年轻人都奔着东方而去,穿着不合脚的袜子经过阿尔玛所在的修道院,像酷暑天的小溪一般向前涌动。埃塔看着自己的学生,他依然一脸平静,双手交叉着放在桌子上。就像这样,她心里想。一切都这么简单,就是这样,他们就是这么容易地离开了。想到这里,她觉得内心沉重极了。你什么时候走?她问道。

星期六。

两天后?

是的。

那么今天是你在学校的最后一天?

是的。

这既是他的道歉和请求,也是告别,埃塔终于明白了。好的,她说,我可以给你写信,你也可以给我回信。我的邮寄地址很简单,就是这里。说完,她走到黑板前,拿起一小根粉笔写道:

  教师宿舍

  高夫兰茨学校

  高夫兰茨镇,萨斯喀彻温省

  加拿大

哦,她又举起手,在上面写下了自己的全名:

埃塔·格洛丽亚·肯尼科

这是我的名字。

埃塔,奥托默默念着,这个很容易写。好的。他认真地把地址抄在书本封底的内侧。我还不知道我会在什么地方,他说,不过,我会写信给你。

两个人礼貌而正式地握了握手,告了别。奥托向门外走去。

刚走到门口,他又停下了脚步,魁梧的身子挡住了落日的余晖。

哦,肯尼科小姐……埃塔?他站在夕阳的余晖中,好似一个巨大的剪影。

什么事?

麻烦你照看一下拉塞尔,行吗?

可以,奥托,当然可以了。

8. 瞬间

一天,在这片平坦而广阔的草地上,一位摄影师正带女儿参加小型飞机飞行课。他供职于肯诺拉一家不知名的报社。不经意间,他看到了埃塔。当时她距离他一百米左右,满脸的风尘仆仆,足有八十三岁,凌乱的白发随风飘在身后,身旁还跟着一只丛林狼,大概只有路边的野草那么高。他一边看一边喃喃自语,没错,这就是他一直在等待的画面。他端起挂在脖子上的相机,激动地拍下了这一幕。

那天的飞行课很成功,摄影师的女儿相当有天赋,她的飞行技术比其他任何人的都好。再后来,摄影师把埃塔的照片交到主编手中,主编饶有兴趣地问道:这里面会有什么故事呢?

摄影师表示自己对此一无所知,但这并没有影响主编对这张照片的喜爱,他同意将照片刊登在周末版的户外一栏,并给了摄影师五十美金的酬劳。摄影师也没有浪费这笔钱,他立刻去购置了一台小巧而优质的照相机供女儿在飞行时使用。

两天后，还没来得及摘掉头盔的女儿冲进门大喊道：我拍到照片了。大部分都是那个和丛林狼一起的老太太。她还在那里，还在朝东边走着，我觉得她没有要停下来的意思，我想她是不会停下脚步的。

就这样，摄影师知道了照片背后的故事。没过多久，所有人都知道了这个故事。

又过了几天。埃塔和她的小丛林狼行走在遍地树木与岩石的安大略。当他们经过一棵大树时，突然从树后面走出来两个人——一男一女，穿着类似政府官员的制服，一套深紫色，一套蓝色。打扰了，女士，男士彬彬有礼地问道，能占用你一点儿时间吗？我们想和你谈一谈。一旁的女子面带微笑地点点头，手里拿着一个麦克风，看起来很随意，就像端着一杯茶。

我的时间实在是不多了，埃塔说，我已经八十三岁了。

男士赶紧从口袋里掏出纸和笔，刷刷地记了下来。

不过，埃塔接着说，如果你们愿意跟着我走的话，我想我们可以聊一会儿。

詹姆斯什么都没有说。

请问你这样走了多久了？女记者问道，他们跌跌撞撞地踩过一块块小石头。为了不被绊倒，她不得不把裤脚高高挽起。她一只手把麦克风举到埃塔嘴边,另一只手叉着腰以保持平衡。

是在种菠菜之前开始的。埃塔回答她。

由于要做记录,男记者不得不走走停停,因此落在了后面。不过,埃塔女士,他朝着他们大喊,为什么?唯恐埃塔听不到,他又一次提高音量重复问道:为什么?

听到这话,埃塔绕着一个树根走了几步,她在努力思考。过了一会儿,她回过头看着他说:我不记得了。

你不记得了?女记者低声嘟哝着,声音低得那位男记者根本听不到。

有时候我能记得,有时候我记不得。这不是针对任何人的。现在的我就是记不得了。

那我们能待到等你记起来吗?

他们在桦树间搭起了营地。男记者看着自己的外套犹豫不决,不知道是该把它铺在地上还是盖在身上。

到处都是苍蝇,埃塔说,我要去洗个澡。安大略境内的湖泊星罗棋布,最不缺的就是水。暮色中不时地传来水鸟的啼叫声。

埃塔女士,你现在能记得什么呢?女记者问道。说这话时,大家都躺在地上,透过稀疏的树枝望着天空。

我有一个姐姐,埃塔说,她叫阿尔玛。

这时,詹姆斯回来了,他抓到了一只小小的褐色老鼠,美美地饱餐了一顿。他走到埃塔身旁,安静地蜷缩在远离记者的那一边。

那天晚上,埃塔梦到了大海。还有船、男孩子、男人,他们在海水里大口地喘息着,不停地吐出水来。到处都是五颜六色的,喧闹无比。天色越来越暗,越来越暗,作为一个女人,她不能再待在那里。她只能慢慢地向下,向下,越来越深,越来越深。

到了第二天早上,吃完浆果早餐之后,埃塔突然说:大海,这就是我一直前行的原因,我想去看大海。

在离开之前,趁着男同事在一旁记笔记的工夫,女记者趴在埃塔耳边悄悄地说:我很想和你一起去。

你可以的。埃塔说。

我不行。女记者无奈地说。

他们坐上了一辆行驶在林间的皮卡车,车轮巨大无比。

你可以的。埃塔再次重复道。

也许吧。透过半开的车窗,女记者这样回答。

拉塞尔正在泥土中寻找埃塔的脚印。自他出发后就没有下过雨，所以脚印一定还在，在某个地方等着他。他在寻找向下折断的植物，他在寻找脚印。那些脚印他曾见过千百次，并且还曾循着它们找到过埃塔。两次。

第一次大概是在五十五年前。那是污泥纵横的一年，似乎是最后一年，又似乎只有那一年。虽然没有下雨，但空气潮湿得都能拧出水来，真是非常罕见。他顺着那些树叶穿过亚麻地来到自家活动房的后院。那是他收藏金属大家伙的地方，大部分都是损坏的物件。如果他有足够的耐心，那些大家伙们还是能够正常上路的。当时，她蜷缩在地上。最开始，他把她当成了某种动物，狗或者狼。他一把搂住她的腹部，用力一扣。她挣扎着来回晃动，最后一头栽进了泥泞中。她没有看到拉塞尔。

他立刻向后退了一步，躲到打谷机的气缸后面。他开始在脑海里分析着：她来这里一定是不希望被人看到。这里被成堆的废旧机器的阴影所笼罩，就像一个隐蔽的避难所一样，只有待产的狐狸和奄奄一息的小猫会来。今天的埃塔看起来很不好，很不正常，也许她需要帮助。他思来想去，最后还是选择了后者。埃塔，我在这里，就在打谷机后面。我可以走到你身旁，或者回家，或者就在这里一动不动，你决定，你让我怎样我就怎样。

一阵儿沉默。过了很久，埃塔没有抬头，只是把张开的手伸向他。他走过去跪在泥泞中，拉起那只手。两个人都没有说话。埃塔的身子不停地晃来晃去，拉塞尔也随着她晃动着。埃塔紧闭着眼睛。过了一分钟，也许并没有一分钟，她松开手，说：我没事了，拉塞尔。你该回家了。

她的声音听起来空洞极了。

你确定？

确定。

好的。说着，拉塞尔站了起来。他的膝盖上沾满了黏糊糊的泥泞，他没有再说什么，转身离开了。

还有，拉塞尔，谢谢你。不管是现在还是过去，我都要感谢你。你总是那么安静、温柔，耐心地对我，所以，所以，所以……她有些说不出话来。

拉塞尔循着刚才的足迹回到前门口。他不停地提醒着自己：奥托已经回来好几年了，根本不需要自己来为埃塔操心。虽然这样想，但几个小时之后，他还是忍不住回到后院看看埃塔是否还在，或者，有没有留下什么东西。然而，之前埃塔待的地方只剩下了一株株倒在地上的湿漉漉的野草和满地的泥泞。

那一天，当太阳落下时已经很晚了。拉塞尔没有睡觉，他走出家门，走上那条无比熟悉的小道。他一边走一边抬头看着满天的星斗，最后在奥托的卡车旁停了下来。卡车就停在奥托和埃塔家的东北角。他拉开离房子较远的那扇车门，门开了，车子没上锁。奥托总是不把车子锁上。拉塞尔慢慢地钻进去，然后爬到驾驶座上。车里安静而湿热，到处弥漫着一股白肥皂的味道。过去，每次午饭前奥托和拉塞尔都会用这种原始的肥皂洗手，洁白的泡沫沾满了掌心和手指缝。厨房里还亮着灯，暖黄色的灯光透过窗户反射在驾驶员一侧的窗子上。这样一来，从外面看不到拉塞尔，但拉塞尔却能清楚地看到房间里发生的一切。虽然听不到声音，但他会根据画面想象里面发生的故事。

奥托正安静地坐在桌子旁边看报纸。过了一会儿，他站起来，把椅子向后拖了拖，拉开抽屉，取出一支铅笔，然后又坐了下去。他又把报纸拿了起来，时不时地在上面圈圈画画。拉塞尔甚至能看出他下笔很轻很轻。二十七分钟后，埃塔走了进来。她小心翼翼地挺着身子走路，好像是即将待产的孕妇。只是她又瘦又瘪，和怀孕完全不沾边。不知道奥托有没有注意到这一点？她把水壶放到炉灶上，然后倚在橱柜上。奥托转过头，用听力好的那边耳朵对着她。埃塔注意到了吗？

对不起。奥托说。

埃塔的目光终于从水壶上移开，她抬头看了看。奥托正用手指轻敲着报纸。

对不起，对不起。他说，你应该和拉塞尔在一起。如果和他在一起的话，你就不会这样了。

埃塔走到他身后，越过肩膀看着他手里的报纸。

可能吧。她说。她也坐了下来，坐在离他听力好的耳朵的那一侧。不过现在说这个已经太晚了,不是吗?

两个人都不再说话,眼睛齐刷刷地看着桌上的报纸。四分钟后,奥托拿起铅笔,画了一个圈。

埃塔,他又问道,你觉得这是因为你还爱着他吗?

可能吧。埃塔边回答边用手指着那个圈,有可能。

这时,水壶发出一阵哨音。埃塔转过身朝水壶看了看,奥托也随着她的目光望过去。哨音慢慢停止,两个人继续低头看着手里的报纸。

那已经是很多年前的事情了。不过埃塔还是喜欢买同样的鞋子。

可是现在拉塞尔找不到脚印了。他走遍了所有埃塔可能经过的地方。两湖之间,科迪利亚和蒙迪餐厅所在的走廊地带,他来来回回仔仔细细地搜索了很多遍,依然找不到任何埃塔留下的足迹。地上有很多脚印,农夫的、徒步者的,还有不少动物的,老鼠、鹿、狗,甚至狼的,就是没有埃塔的脚印,至少没有他记忆中的那个脚印。搜寻持续了两天,这两天他全靠花生充饥。最后,他疲惫地朝卡车走去。当然,他可以选择继续搜寻下去,但如果那样的话,他就跟不上埃塔的脚步了。他本身就比别人慢,所以更加耽搁不起。他先是把不方便的那条腿甩到车上,再用好的那条腿使劲一蹬,人就坐到了驾驶座上。车子继续向东奔驰着。慢慢地,道路越发狭窄,树木却越发稠密。他计划在下一个有人烟的地方停下来补充能量,如果幸运的话,说不定能发现埃塔的踪迹。他本以为自己会很难过,至少会失落,可实际上他并没有。他已经来到了安大略省,窗外的空气是那么新鲜,他张开嘴巴,畅快地呼吸着,就像一只奔出笼子的小狗,雀跃而生气勃勃。

电话铃响了。电话在信和食谱卡片的另一边，奥托慢慢摸索着，当他找到时，铃声已经断了。奥托拉出一把椅子坐在电话旁边，盘算着是谁打来的。会不会是拉塞尔？他努力回忆着过去拉塞尔是否打来过电话。他会敲门、喊叫，还会留便条，可是打电话？没有，一次都没有。他确定拉塞尔从没打过电话。当然，电话也有可能是埃塔打来的，她知道家里的电话号码。大部分时候她会写信，但如果情况紧急，她可能会打电话。一定是埃塔，一定是出现了什么紧急情况。想到这里，他立刻僵住了，眼睛紧盯着电话，脑子里不停地分析着：

埃塔没有食物和钱了。她一直都很瘦，估计现在无论是身体还是衣服都被长途跋涉损耗得差不多了。她的最后一封来信是三天前送到的。也许这三天她都没有东西可吃。走投无路之下，她只能靠吃草、喝蒲公英茎秆中的乳液充饥，嘴唇周围一圈的皮肤都被染成了绿色。最后，她终于来到某个城镇的郊外——拉科鲁？——总之，她找到了一个电话亭，挖出最后一枚硬币，拨通了自己唯一知道的号码，可是等啊，等啊，等啊，直到等来绝望的嘟嘟声，只能失望地挂掉。没人接听，口袋里也没有硬币了。她无助地瘫坐在电话亭的角落，缩成一团，就像流浪街头的幽灵一般。

还有一种可能。

埃塔走在安大略省茂密的森林里，嘴里哼着歌曲，脚下迈着轻快、自信、坚定而谨慎的步伐。她不知道的是，在右边隐蔽的树丛里有一只动作敏捷的野兽在一路跟着她。它的动静完全被埃塔的脚步声和歌声所掩盖。几个小时之后，天色彻底暗淡下来。埃塔停下脚步，找到一棵香脂冷杉，把衣服铺在低矮的树枝交织而成的树窝里，躺下睡着了。她的呼吸慢慢地均匀起来。

隐藏在黑暗中的美洲狮终于等到了这一刻。它悄无声息地溜到埃塔身旁，缓缓地抬起厚实的前爪向她的脖子逼近。就在这千钧一发之际，埃塔突然醒了过来。

不！

美洲狮向前一跃，扑到树根上，爪子上挂着一块块树皮。接着它回过身子，把巨大的爪子压在埃塔的胸膛上。

没错。你本拥有很好的生活，埃塔。现在你已经老了。而我需要你。我要活下去。锋利的爪子在她的外衣上用力一抓，鲜血立刻涌了出来。

现在还不行，我就快到目的地了。我现在还不能死。埃塔的双脚使劲朝美洲狮的腹部蹬去，很柔软，她立刻意识到这是一头母狮子。接着她向左边一滚，拿到了自己的包，旁边就是奥托的来复枪。美洲狮张开嘴巴朝她的膝盖下方咬了下去，一阵剧痛。她拿起枪，摇摇晃晃地端起来，没反应，向后拉动枪栓，再次举起枪，就像过去无数次在院子里瞄准罐头盒或地鼠那样,一枪致命。这只巨大的猫科动物发出了震耳欲聋的吼声,子弹打在了屁股上,它仓皇地向后退缩,一直退到树丛外面。它不甘心地盯着埃塔,不停地眨着眼睛,神情迷惑而恐惧,最后它掉转头,消失在树林深处。

埃塔的身上和周围全是血,根本分不清到底是谁的。渐渐地,她觉得有些晕,最后昏倒在地上。

当她醒来时,发现自己正躺在一辆行驶中的车子的后座上。你真是幸运,一个长着大胡子的男人从驾驶座上回过头来对她说,你真是位幸运的女士。多亏那把枪,也多亏它够老旧,声音够响亮,以至于我在家里都听到了。要知道,我家的墙壁可是相当厚啊。埃塔的腿也已经包扎好了,用的是一件红绿蓝相间的格子棉布衬衫。

在黑暗的密林中行驶四个小时之后,他们赶到了最近的医院。埃塔努力想站起来,但护士制止了她。他们把她放到担架上,固定住她的胳膊和腿。然后问道:需要我们给什么人打电话吗?

还有这种可能:

埃塔正从桑德贝城里穿过。太阳一点点落下,她必须抓紧时间回到野外过夜。天色越来越暗,街上的行人越来越少,路灯也逐一亮了起来。埃塔想加快步伐,可是从早晨起来(大概六点左右)到现在,她一刻都没有休息过,已经累得脚都快抬不起来了。就在这时,前方路边出现了一扇小门，直通某个街心公园。她可以直接从公园里穿过，这是一条直路，也是最近的路。当然，她也可以继续沿着有人行道的主路前行，一边走一边欣赏街灯和路两旁房子里透出来的一缕缕温馨光亮，只是这样的话她就要多走一倍的路程。几经考虑之后，她拉起公园小门的门闩，径直向里面走去。只要五分钟她就可以走出这个小公园。突然，一阵警笛声响，她立刻挺直腰杆，双手紧紧抓住自己的包。

恐惧刺激了肾上腺素的分泌，埃塔一路小跑，眼看就要走出公园大门，就在这时，她看到几个人围在一起，头顶上不时升起一缕缕白烟，就像顶着假发一般。他们的年龄都不大，只有十五六岁的样子。看起来和她过去教过的奥托、拉塞尔和维妮没什么区别。一共有三个男孩和一个女孩，除了最矮的男孩外，其他人嘴里都叼着香烟。他们早就看到了埃塔，已经准备好出手了。四个孩子站成一排拦在路中间。嗨，一个戴着不合时宜的冬帽的男孩说，你包里都装着什么东西，女士？

当了一辈子老师的埃塔有些吃惊地挑了挑眉毛，好吧，她慢悠悠地说，我觉得你们不——

唯一的女孩走上前来打断了她的话：你应该拿出来给我们看看。

我可不这样认为。埃塔很平静，紧盯着那个没抽烟的男孩，他戴着蓝色的羊毛兜帽，胖嘟嘟的小脸依然透露着稚嫩。我不认为应该给你们看。她一边说一边把手伸向来复枪，现在拿枪是不是太早了？他们还只是孩子。

现在很晚了,她说,你们——

或者,我们可以自己打开看看。那个戴着冬帽的男孩又开了口。

话音刚落,他就一个箭步冲到埃塔面前,一边推搡一边企图把包夺走。埃塔被推倒在地上。那个女孩子蹲到埃塔旁边,一股廉价的啤酒味扑面而来。埃塔紧闭着眼睛,本能地紧抱着自己的包,那里装着袜子、饼干、巧克力,还有用来写信的纸和笔。女孩并未罢休,握紧拳头冲埃塔胸口中间打来,接着又用上了脚,连球鞋都被甩到了一边。她连打带踢,下手越来越重。在她眼里,埃塔就像一张任她踩躏的白纸。于是,埃塔的脸上变得满是鲜血和唾沫。最后,埃塔不得不松开包,用手遮住脸颊。几个年轻人像恶狼一般抓向背包,仓皇逃走。饼干、巧克力、纸和笔都没有了。不过那把来复枪还压在她的身下。埃塔慢慢地挪开手,露出伤痕累累的脸颊,每呼吸一次,胸部都会传来一阵疼痛。一定是肋骨受伤了,她几乎无法站起来。嘴唇上还残留着一口恶心的唾液。埃塔抬起头,看着那一闪一闪的火光越来越远。她又转过头看了看自己,受伤的脊柱也发出了警告,不能动,不能动。那个戴着蓝色羊毛兜帽的男孩没有离开,他一边看着埃塔一边哭。

不要哭。埃塔说。

对不起,男孩说,我知道我不应该这样。

你的朋友已经走了。

我知道。我也应该走的。

可他还是一动不动地站在那里。

我觉得我肯定能抱起你来，他说，我还有个弟弟，我都能把他抱起来。

埃塔想到了身下的那把枪。不用了，她说，你不需要这样做。

我必须做点儿什么。

那你有电话吗？

有，我妈妈给我的，以备紧急情况。

那我可以用一下吗？

可以。

谢谢你……

我叫詹姆斯。

詹姆斯。谢谢你，詹姆斯。

还有第四种可能。

埃塔什么都不记得了。她来到空旷的田野，地上铺满了金黄色的树叶。她坐下来，抬起手掌遮住刺眼的阳光。拉塞尔、维妮、阿莫斯和其他孩子就快做完家务了，她要等大家一起回家。于是，她坐在那里等啊等啊，旁边的地鼠好奇地绕着她蹦来蹦去。天色渐渐变暗，她用双手垫着头，躺在了地上。想着想着她就睡着了。

似乎随时都会醒过来。

两天之后，一个农妇经过这里，她看起来非常强壮，皮肤也因为常年劳作而晒成了棕褐色。她斜着眼睛盯着埃塔看了许久。埃塔还是之前的样子，脸上带着笑容，双手垫在头后。她走得真安详。农妇心中暗想。她来到埃塔面前，轻轻地帮她拂去发梢上的尘土和种子，然后又把已经破烂的包取过来，一一整理好里面的物品，摆放在埃塔身旁。最后她发现了一张纸，上面写着——

家：

后面是一长串数字。

这时，电话铃再次响起，奥托猛然回过神，蹦起来向电话机扑去，终于在铃声断掉前拿起了它。喂？你好？

没人说话，只有一阵模糊的嘶嘶声，过了一会儿，有人说话了。奥托？是奥托吗？我是你的侄子威廉，哈丽特的儿子。你知道埃塔上报纸了吗？

威廉，哦，那个做会计的，现在住在马尼托巴省的布兰登。他还在说个不停。她看起来很不错，就是有点怪怪的，身体看起来也很棒。报纸上登了照片，还是彩色的，要不要我描述给你听？好，我来跟你描述一下：她正走在一片草地上，应该是野草，不是草坪。

草长得很高，是那种带条纹的。周围还有很多参天大树，可能是冷杉或松树，肯定是松柏科的。她的头发比我记忆中的更长更直。头发没有扎起来，被风吹得飘在身后……

他继续喋喋不休。

威廉，奥托打断了他的话，是哪家报纸？

哦，嗯，是国民报，《加拿大国民报》，照片刊登在文章下面的角落里，附注上说这幅照片最早是登在《肯诺拉畅谈报》上，后来被《加拿大国民报》转载过来了。

那么说她还活着，也没有受伤？

没有，没有，哦，我的意思是她当然还活着，也没有受伤。她看起来完全不像受了伤的样子。嗯，这里写着：迷惑与清醒的交织，令人感叹的生命。上面也没有提到受伤。她看起来很健康，很不错。你知道的，当收到那封寄给她的信时，我感到很诧异——我又把它寄到你那里了，你收到没有？——现在我总算明白了，你以为她会从我这里路过。不过，我没有见到她。我敢打赌她在我们的南边。步行……你觉得她这样一直步行没问题吗？我指的是，虽然她看起来没问题，但一路上会有不少野兽出没，还有其他危险，不是吗？还有人，安大略，魁北克，那里人也更多。我可以请一段时间的假，开着小货车跟在她后面，你看行不行？或者安排一个孩子跟着她？斯蒂芬需要一份工作……不过莉迪亚的驾驶技术更好一些……

不，奥托再次打断他，不用了，谢谢你，威廉。她很好，这是我们的计划。她没事的。

那好吧。我相信你最清楚,奥托……嗨,我真希望妈妈能见到她,嗯,她一定会很高兴的。

是的,她一定会。

妈妈肯定很喜欢这样。

你很想念她吗?

是的,当然了。

我也是。

挂掉电话后,奥托立即开车去了一趟商场。他买了鸡蛋、牛奶,还有店里仅剩的十二份《加拿大国民报》。

* * *

时间回到六十六年前,沃格尔家的孩子们来到了最近的火车站——当初就是它把拉塞尔带到他们身边的。他们在站台上依照个头排成一排。奥托和他们握手吻别,同时把悄悄话和小秘密告诉每一个人。有的孩子也会偷偷和他说几句。谢谢你。艾利说。我知道,我知道。这是阿莫斯的回答。我会的。拉塞尔这样说。可以吗?妈妈请求道。很快了。维妮说。

火车上的时间并不算长。奥托静静地感受着脚下的移动,虽然他一动未动,但是家乡却离他越来越远了。他一只手搭在从拉塞尔那里借来的箱子上,另一只手则撑在车窗上,看着外面转瞬即逝的风景。箱子很新,自从拉塞尔来到农场后就再也没有用过。

亲爱的肯尼科小姐：

首先，谢谢你允许我给你写信。希望这没有打扰到你的生活。我会尽量写短一些。只要能狗[1]把所有的字母都用上就行了。准备好了吗？好了。

他们跟我说我会去里贾纳，其实是骗人的。我们的营地并不在里贾纳，而是在里贾纳郊外的田野里。这里有很多低矮的平方[2]，所有的东西都是方方正正的。我们营地一共有七十五个新兵，都来自萨斯喀彻温省。他们是和我坐同一列火车来的，我们吃住都在一起，我很喜欢这种生活。感觉就像在家里一样，除了所有人都是一样的年纪，还有，都是男生。

他们还给我分了一把枪，真正的枪。我已经学会了如何打开，合上，清洗，卸载子弹以及开火，不过枪背在身上真的很不舒服，我不知道怎么携带才能不那么难受。大部分新兵都跟我一样，因此，他们现在不停地训练我们。我们跑步时别着枪，吃饭时把枪放在膝盖上，玩牌时把枪塞到袜子里，就连睡觉时都要放在旁边。一旦我们能做到和枪合而为一，自由自在地带着枪跳舞、跑步和拥抱时，我们就要登上一辆更大的火车，驶向东边的夏洛蒂城或哈利法克斯。我觉得应该不会太远。有些人已经过去了。

---

1 奥托在这封信中写了几个错别字。原文中将 enough 写为 enouf，故此处特意将"能够"错写成"能狗"。——编者注

2 错别字，应该为"房"。——译者注

你有没有去过那里?

我希望家乡一切都好。风不要那么[1]大,孩子们都老老实实地学习、唱歌。还有你,希望你一切都好。如果老师病了那该怎么办啊?请尽快回信。写什么都行,我不介意的。

又及:这是我写的第一封信,应该也是写的最搓[2]的一封,里面可能有很多错误,拼写上的,不够整洁,还有其他的一些。以后就会变好的。

你要提防阳光和灰尘。你可以把信寄到这里,如果我向东走的话,信也会更[3]过去的,别担心。

代我向沃格尔家的孩子们还有拉塞尔问好。

真诚的奥托。

---

1 错别字,应该为"那么"。——译者注
2 错别字,应该为"差"。——译者注
3 错别字,应该为"跟"。——译者注

埃塔打开信封,坐在宿舍门口最高的台阶上慢慢读着。她伸开两条腿,搭在下面的木头台阶上晒太阳。邮戳上的日期是两个半星期前。读完信后,埃塔拿了两个小石块压在褪了色的军绿色信纸上以防被风吹走,接着转身回屋取出纸和笔。出来之后,她又像之前那样坐下,伸开腿,摊开奥托的来信,用红笔把里面的错误一一修改过来,最后才拿起黑色的钢笔慢慢地写下自己的回信。

第二封信也是如此,接下来的第三封、第四封也是一样:埃塔坐在教师宿舍门口台阶的最高处,伸开双腿搭在下面的台阶上,慢慢地读信、写信。唯一的区别是后来她在邮箱里准备好了纸和笔。

亲爱的奥托:

谢谢你的上一封来信。你的信写得越来越好了,真的。尤其是在缩写方面。

你向东行进已经有了一段时间,我敢打赌你现在一定很会游泳,估计还会吃很多鱼。他们还教你什么了?在训练全部结束之前你还必须掌握什么技能?

我想你一定知道,这个星期我们又送走了沃尔特和威利。在临走之前,他俩在讲台上为大家演唱《我将会看见你》,他们竟然会用和声演唱。我猜此刻他们正在里贾纳(或者在里贾纳的郊外）。如果你们能都在哈利法克斯的话，那一定很不错。我会为你祈祷的。

最近家里非常热，又干又热。我的日志上写着已经到了秋天，但我更愿意相信自己的感受。已经开学几个星期了，但压根儿看不到霜的影子。中午的时候，阳光依然非常灼热。

你说上封信寄出的前一天是你的生日，很巧，信寄出的前几天正是我的生日。看来我们差不多大，可以说是一样大。我知道拉塞尔和我同年，不过我们俩的生日更接近一些。基于这一点，我想说，既然你都不在学校了，以后就别叫我肯尼科小姐了，直接叫我埃塔吧，好不好？我也是这样跟拉塞尔说的，以后在校外，比如在城里或舞会上，直接叫我名字就行了。

真诚的埃塔

那么，女性呢？应维妮的请求，埃塔正在教授大家战争简史。他们正在表演特洛伊之战。大部分人都已在剧中被杀，大家横七竖八地躺在教室的地板上。现在到了提问阶段。

女性？维妮，那她们呢？

维妮从地上坐起来，拍了拍脑袋后面的粉笔灰和尘土。

她们都做了些什么？是战斗还是提供帮助？她们都在哪里？

呃，我们知道海伦……

她不算，王后们不算在其中。我是指普通人？还有希腊的修女？

我想她们中肯定有人帮忙了。其中还有一部分是间谍。

像玛塔·哈利那样？

没错。

没人战斗？

没人战斗。

这也太傻了。

有人做护士……

在特洛伊？

现在。

这么说，女人只能当护士或间谍？

护士和间谍。

9. 足迹

拉塞尔来到一家名为"你好,肯诺拉"的加油站小店,走进去买了不少花生、水、巧克力、香蕉、乐之饼干、袜子和报纸。戴着耳机的收银员一边数钱一边左右摇摆着身子,拉塞尔接过找零后对她说谢谢。

收银员一边对他点头微笑一边不忘跟随着音乐摇摆。

还有,不好意思……

女孩停下来,歪着头不解地看着他。

我想问一下你有没有见过……

女孩用手指了指自己耳朵上的耳机。

哦,拉塞尔明白了她的意思,不再说话。女孩继续摇摆起来。他的钱包还搁在中间的柜台上,他灵机一动,小心翼翼地把皮夹里的照片抽出来——还是那张多年前埃塔和奥托的结婚照,他对着收银员指了指埃塔。

女孩低下头，慢慢眯起眼睛仔细看了看……突然，她瞪大眼睛不住地点头。我见过，她张开嘴唇，虽然没出声，但拉塞尔明白她的意思。没错，没错，她兴奋地伸出手把压在拉塞尔胳膊下的报纸拽过来，然后翻到第四版，掉转过去指给拉塞尔看。是埃塔，她走在高高的草丛间，背后是高耸的短叶松。她没有穿靴子，而是光着脚穿了一双新跑鞋。

完全不一样的脚印和足迹。

这是什么鞋？拉塞尔指着照片中的鞋子问道，鞋？

女孩向后退了几步，指着自己的脚，拉塞尔赶忙把身体向前探去，看着她的双脚。虽然颜色和大小不同，但商标都是一样的。她脱下一只鞋递给拉塞尔，脚上只剩下红色的袜子。拉塞尔接过鞋子，很轻——他本以为这种技术性的鞋子会很沉——他把鞋底翻过来，认真研究了一番。鞋子是橡胶底，拉塞尔缓缓摸着每一个凹槽和凸起，希望能将它们都刻在脑海里。女孩一边摇摆一边微笑地看着他。他又把鞋子翻过来，鞋舌里面印着蓝色的字"戴安"。里里外外看完之后，他把鞋还给了女孩。

谢谢你，戴安。他说。

一只手拿着鞋的戴安微笑着耸了耸肩。

拉塞尔没费什么力气就找到了那些脚印，他终于知道自己该循着什么样的足迹走下去。时间不多了，再过几个小时太阳就落山了。

我跟你说过这里石头很多。

是的，你说过。怎么了？

呃，好吧，我觉得对你来说从它们中间穿过可能会很吃力。

说这话时，詹姆斯正站在一处低矮陡峭的悬崖边。而埃塔还在气喘吁吁地沿着蜿蜒的小道慢慢向上爬。先跨过石头，再朝上爬，然后再跨过石头，继续向上。

我不吃力。

走这种路对詹姆斯来说很简单，它只需跳几下就到上面了。

那好吧。如果你还要等一会儿才到的话，我就在这边四处闻闻。等你到上面喊我一声就行了。

我会吹口哨的。

好。说完，詹姆斯鼻子贴着地一溜烟地跳走了。

到处都是陡峭的悬崖峭壁。埃塔需要绕着之字形小道一点点向上爬，而詹姆斯只需要蹦蹦跳跳，然后到处闻闻就行了。当爬到第五座悬崖顶上时，埃塔像之前那样吹起了口哨，但詹姆斯并没有从树丛中跳出来。她又吹了一声，还是没出现。她叹了口气，把两根手指头放在嘴里用力吹了吹，一阵刺耳的哨声在山谷中回荡，仿佛在召唤走失的爱驹。可马驹没出现，詹姆斯也没出现。疲惫的埃塔在脚下的一块平台上坐了下来。新鞋已经被泥巴和灰尘染成了灰褐色。四下里一片寂静，连鸟叫声都听不到。

你真是疯了，她自言自语道，你真是要疯了，是你让他上来的。

不，我没有，我没有。我只是老了。

这没什么区别。

不，这不一样。

一样的。

她用鞋头在脚下的白垩岩石地上画了一条线，一条白线。一切都是真的，她喃喃自语。我已经检验过了，这是真的。她又用手指甲在胳膊上划了一道。好疼，开始是泛白，慢慢变成了紫红。看来，一切都是真的。

你已经糊涂了，你应该睡一觉。

我不累。

不，你累了。你现在已经很累了。

不，我没有，我不累。

她猛地站了起来，我还能走。

二十分钟之后，她走了大约一公里的路。就在这时，她突然听到一阵风一般的声音，像极了六十多年前她在教师宿舍里听到的那种声音。可这里并没有风。埃塔觉得有些不对劲，她循着声音离开小道，穿过一丛丛稗草、猪草和点头蓟。她的腿上沾满了种子和毛刺，但她毫不理会，继续朝前走。最后，她来到一大簇折弯的叶子前，声音似乎就是从这里发出来的。她拨开树叶，下面是一堆乱蓬蓬的皮毛、蓟和鲜血。是詹姆斯，他的右前腿被夹子夹住了。每喘息一次，他的喉咙间就会发出风一般的声音。

我试图大声喊你，可我太累了。

真该死，埃塔咒骂道。

我听到你的哨声了，詹姆斯说，吹得真不错，声音很响亮。

我差点以为你不是真实存在的，埃塔说。我以为你是我自己想象出来的。

你可以这样想。

但我没有，不是吗？

埃塔，不管你想象的是什么，也许一切都是，也许根本就没有，不过你不应该让它们扰乱你。

不应该？

是的。

埃塔蹲下来，慢慢地把一根蓟从詹姆斯身上拔下来，蓟的刺扎到了埃塔的手指头，很疼，没错，一切都是真实的，我感觉到了。

我要帮你把腿弄出来，不过会比较疼。

没关系。我们丛林狼对疼痛不太敏感，没关系的。

你还是闭上眼睛吧。

詹姆斯听话地闭上了眼睛。埃塔轻柔地抚摸着他的头，一下，两下，他的皮毛和普通的狗相比更粗更厚一些。然后，她找到一根粗树枝，慢慢地把夹子撬开，就像过去她和姐姐阿尔玛一起解救被困的小猫时一样。

詹姆斯的腿折了，皮毛裂开，露出里面的血和肉，血并没有马上流出来，而是慢慢凝成一小团，缓缓地滴下来。埃塔找出一只袜子把伤口包扎起来。

尽量不要用它，不要让它受力。

可是对于丛林狼来说，四肢平均受力已经成为一种习惯。不要用力？不太可能。他走着走着就忘记了，一不留神稍微用点力，右前腿便立刻摔倒在地，痛得他大叫一声。

好吧，行，埃塔问，你有多重？

詹姆斯坐在地上舔着伤口。应该比兔子重，比马轻……可能有五十磅吧。

来，到我的包里来，注意别挤到巧克力了。

她把詹姆斯放到背上的帆布袋中，袋子向下坠得很长，不过还能凑合。在这种情况下，她只能把枪从后面拿到前面来，既可以当手杖，又可以打些地鼠来给不能自己狩猎的詹姆斯当食物。就这样，他们俩在这片悬崖和岩石中走了很长一段路。

你知道吗，埃塔说，我很奇怪，你不说法语。

就像那些鱼头骨一样。詹姆斯说，用脑袋轻轻蹭着埃塔的脖子。

是的，没错。

我也可以这样说你。

可我不是鱼。

但你也不是丛林狼。

是的，是的。

离开了一家商店之后,奥托开车前往布莱德沃斯,买光了那里所有的《加拿大国民报》。紧接着他又去了肯斯特、汉莱、顿杜尔,先是铁路沿线,然后是高速公路沿线,总之,他几乎把周边的城镇跑了个遍,目的只有一个:买报纸。天色渐渐暗了下来,所有的商店都关了门。他转换路线,开始顺着加油站前行,那里的便利店晚上都正常营业。直到报摊都换上了第二天的报纸,他才踏上回家的路。这时,天空已微微露出了鱼肚白。他一共买回来三百二十六份报纸。他把它们一股脑儿地堆到厨房里,然后转身回到了卧室。那天,他终于踏踏实实地睡着了。很久都没有这样睡过了。一直以来,他要么被尿憋醒,要么一阵干咳,要么就是没完没了的心跳声,咚咚咚咚,重到可以把他吵醒。

等他醒来时已经到了下午三点。他从床上爬起来,慢慢地在报纸堆中间清出一条通往厨房的路。他一边煮咖啡,一边开始做剪报。他把埃塔的照片全部都剪了下来,一共三百二十六张。他打算把第一张照片和下封信一起寄给埃塔。然后,他把第二张照片折叠好,装进口袋。剩下的三百二十四张照片分成若干摞,分别放在蛋糕架、冷却架、松饼罐、平底锅、饼干托盘,还有橱柜的后面。

最后,他小心翼翼地把所有的锅碗瓢勺摆放整齐。终于结束了,他一边就着去年剩下的覆盆子果酱吃着奶酪和提子松饼,一边思考该如何处置这些报纸。那么多报纸却派不上用处,看来只能扔掉或烧毁。他拿出笔,在报纸头版空白处一个身穿西装、仰望天空的男人照片旁边写下：

报纸的用处：
1. 燃烧（不算很有用，除非你想要或需要一场大火）。
2. 园艺（可以折成播种的小壶）。
3. 给动物当垫铺（不过这需要有动物）。
4. 其他（诸如艺术、雕刻、建造之类，等等）。

大火确实不错，很有意思，可是现在天气太干燥了，一旦燃烧起来容易失控。即使没有失控，远处公路上的人们也会以为这里真的发生了火灾，考虑到目前的气候，他们很可能会报警。那样的话就会惊扰到消防部门。再说了，天气那么热，哪里还需要什么火。还有，一旦生火，浓烟会冲到空中，就像雾一样在天空弥漫几天不散。想到这里，奥托画去了选项一。

对于选项二来说已经太迟了，现在并不是播种的季节。那就意味着奥托要把这些报纸留到明年春天。可是等到那个时候，埃塔差不多就要回家了，她可不想看到满厨房都是报纸，还有橱柜上、地板上和手上的铅印。奥托又画去了这一项。

* * *

亲爱的埃塔:

　　不知道你是否还记得,大概五个月之前,拉塞尔邻居家的小女孩带着一盒天竺鼠来过我们这里。虽然很喜欢这些可爱的家伙,但她和她父母都觉得实在太多了,所以希望送几只给我们。我记得那个女孩叫卡西亚,九岁左右。今天早上我去了她家。她去上学了,不过她的父母都在农场里,他们看到我很高兴。是的,他们说,没错,哦,没错,我们还有。是的,它们一定很欢迎你。就一只?你确定?好吧。他们说我可以自己到卡西亚房间,装着天竺鼠的笼子就在那里,我可以随便挑。可是我拒绝了他们的好意,我说,不,不用了,谢谢。后来他们为我挑选了一只。一只小小的棕色的天竺鼠。

　　所以,现在我们有了一只宠物。希望你不会介意。它都是夜晚活动,而这段日子以来我也是如此。所以我觉得应该没什么问题。房间里总算有了声音,这比我自己一个人待着好多了。它还没有名字,不过很快就会有了。我忘记问他们这只天竺鼠是公还是母,看来只能给它取一个中性的名字。

　　今年玉米长势很好,我想它应该会喜欢吃玉米。

　　虽然不知道你到底在哪里,但我想应该离肯诺拉不远了。所以我把邮寄地址写成"安大略南部"。我想在被寄回来之前它应该能到那里。然后我会把它和其他信收在一起,等你回家之后就可以读到了。

一直在这里的奥托。

又及:信封里有一张你的照片,送给你。

奥托给天竺鼠起了个名字——燕麦，原因之一是它很喜欢吃燕麦；原因之二，它身上的大部分颜色和燕麦很相似；原因之三，它的形状和燕麦的英文名（Oats）很像，都是矮矮的，软软的，圆不溜丢的。他拿出一份《加拿大国民报》，把其中的A、B版撕成条状铺在圣诞节留下的柑橘箱里。他还在箱子里放了一个装满水的小酒杯和一碗燕麦片——毕竟离玉米收获的季节还有一段时间。最后，他把小燕麦放了进去，它立刻就钻到碎纸下面。好了，奥托说，我可能会等到晚上再来看你。

* * *

亲爱的埃塔：

  沃尔特和威利已经到了，真是太好了。他们两个穿着平整合身的军装，头发剪成了板寸，感觉有点陌生呢。我估计他们看到我也是一样的心情。他们刚到的那个周末，我带着他俩去大西洋游泳。当他们看到浩瀚无边的海洋时都惊呆了。沃尔特说很像是天空落到了地面上，威利也同意他的说法。

  不过，他们刚来，我马上又要走了。再过三天两夜，我就要一大早的搭乘轮船离开。在这之前，我从没有坐过船。

  埃塔，跟你说实话，我很害怕。

  虽然一直都在盼望着那一天，可是我依然很害怕。就是这样。

  代我问候拉塞尔和其他孩子们。

奥托·沃格尔。

  又及：我在信封里放了一张我穿军装的照片，是他们为我们拍摄的正式照片。每个人只有两张。我把其中一张寄给妈妈了，这一张给你。这样你就能知道我浑身没有尘土时是什么样子。

看到信后,埃塔一直在思考如何回复。她写了好多稿,其中之一是:

你不用害怕。如果你看到我现在的学生的样子,那些男孩子回来后的样子,你才会真的害怕。虽然块头大得像个男子汉,可他们依旧是个孩子,只是身体的某部分没有了,胳膊、腿、脑袋,甚至是灵魂。他们挤到桌子后面,和孩子们坐在一起。他们只能从"A"读到"Z",从一数到十。当他们坐在那里时,有时候看起来很小,有时候却显得无比苍老。

不过,他们通常只回来几天。然后他们的父母、妻子或姐妹就会把他们接回家。也许他们觉得家里感觉更好受一些,可以在昏暗的房间里盖上被子好好睡上一觉;或者在田野里奔跑,一边跑一边像野兽一般嘶吼着。

还有这一稿:

两天前,撒切尔·马尔蒂的右手被铅笔刺伤了,就在指尖和中间关节之间。当时正在上几何课,我尝试了很久,还是没办法把血从课桌板上擦掉。还有,三个星期前,凯文·利里用小刀把坐在他前面的女孩子的辫子割了下来。现在他每天都把那束头发装在后面的口袋里，像丝带一样垂在一旁。

第三稿：

然而，他们还在不停地离开。所有的男孩，所有的男人都参军离开了。舞会上只剩下女人、已经残疾的归来者和拉塞尔。

她也曾想写下：

虽然欧文的年龄还小，但他也离开了。他的皮肤依然白皙，仿佛透明得可以让光透进来。当他问我你在哪支部队时，我看到他的双手抖得厉害。

还有这样的回复：

我到镇上买了一个相框，然后把你的照片摆放在桌子上。这样一来，我就不会一个人孤单地吃饭了。

在信中她没有提到：

除了你的照片，我房间里只有一张我父母的照片和一张我姐姐的照片。

她也没提：

照片中的你比我记忆中的你更加真实。

实际上，她是这样写的：

亲爱的奥托：

其实，大部分时间里，我们也都很害怕。不过，如果没有恐惧，生活也就失去了意义。

可以害怕，但不要逃避，而是直面它。一次又一次。只是要记住，无论怎样你都要坚持下去。

真诚的埃塔

又及：谢谢你的照片。我认得你，即使没有了那些尘土。我把今年的班级合照寄给你作为回礼，我就站在孩子们的前面。

照片中的埃塔穿了一件腰身纤细的轻薄短袖裙子，衣领熨烫得非常平整。这是她最好的衣服。所有人中，她笑得最灿烂。

* * *

　　海上风很大，几乎要把照片从奥托手中吹走，他只好把它放回厚重的羊毛外套口袋里。他双手抓着冰冷的栏杆，再次对着灰蒙蒙的海水呕吐起来。上船之后，他才发现大海并非远看时那般碧蓝。跳下去吧，他自言自语道。前后左右全是无边无际的海水。轮船在海浪中颠簸前行。他们只能靠日出日落来计算一天的来临与结束。

　　你还好吗？左边的士兵问道，他也在呕吐着。他来自蒙特利尔，英语说得不太流利。

　　还好，奥托回答道。海水、海风里带着咸咸的盐味。我还活着，还活着。

　　同意你的说法，他说，感觉确实不错，不过没你那么感慨。他的面色一片死灰，和海水颜色差不多。

　　奥托看到他把外套脱下放到甲板上，而枪就压在衣服上面。奥托走过去，把它们都拿了起来。他把衣服搭在胳膊上，然后用两只手把冰冷的枪管捂热。

　　肯定会有什么事情发生，奥托决绝地说，虽然我不知道是好事还是坏事，但我肯定一定会有事。说这话时，他感到自己心跳得厉害，就像第一次喝咖啡时那样。从登上甲板那一刻便是如此，他的双手抖个不停。

是的，是的。灰突突的士兵回答道。刚说完，他又弯下腰吐了起来。

七天之后，轮船终于靠岸。奥托的头发全变成了白色。既像海上的泡沫，又像他们每天吃的鱼骨头，惨白惨白的。

我能做更好的工作。维妮说。

那一天的课程是切割，内容是要求大家用二维图形做出三维形状。一天的课程结束了，维妮和拉塞尔正帮着埃塔收拾散落在课桌和地上的碎纸片。

你为什么会这样想？拉塞尔问道。由于静电，他的衬衫上沾了不少白色和蓝色的纸屑。是比所有人都好？还是比奥托好？

比大部分人好。至于奥托，也许比他好，也许不如他。

埃塔在一旁静静地听着，没有插话。她把一堆堆纸片装进垃圾箱里。

去吧，那你就去吧，去做护士。

我不想当护士……你希望我去？

如果是你自己想去的，那我希望你去。

我不会疯的，我不像他们那样脆弱。

或者像我——

拉塞尔，你才不脆弱呢。埃塔打断了他的话。

哈！没错！维妮说。

拉塞尔抬头看了看埃塔，眼神中流露出一丝微妙的情感。是受伤还是感激？

你知道我的意思。他说。

不管怎么说，维妮说，做护士是不一样的。如果需要，我可以用拳头把小牛打死。只要力道够，一拳就可致命。

埃塔大笑起来。

这是真的。

我知道，我知道。

10. 心跳

埃塔选择的是一条低矮的、更容易行走的道路，虽然更远一些。拉塞尔很庆幸这一点，甚至一度觉得这是她特意为自己所做的选择。他跟随着她的脚印，有的是岩尘中的半个鞋跟，有的就在小溪边。每当它们变得更深更暗或更加密集时，他就会仔细进行测量，小声计算它们之间的距离和时间差，就像每次闪电来临时计算雷声到达的时间一样。当算出的数字足够小时，他就会把鞋和袜子脱掉，拴在一起挂在脖子上。也许这种办法不够快也不够优雅，但他知道如何保持安静。他把脚放在埃塔的脚印上，一边测量一边计算，一边前行一边倾听，直到白杉树轻轻摇动，带来一阵浓浓的湿润的绿色气息。就这样不知不觉地过了两个小时。拉塞尔抬起头来，头顶是一百五十米高的白杉树和一张张蜘蛛网，一缕缕阳光反射在摇晃的树冠上，仿佛在跳着舞。就在这时，他看到了埃塔，她和那些树、蜘蛛网一样真实。她看起来那么小，身后背着一个硕大的背包，四周全是参天大树，前方是无限延伸的小路。她的头发披在肩上，和在家里的样子完全不同。微风吹拂着她的长发，拉塞尔想象着那风就是自己的手，轻轻从头发间掠过，然后慢慢将长发抚顺。此时，她离自己那么近。

他没敢立刻上前，而是悄悄地走在后面，看着她，跟着她的脚步。他一边走一边思考下一步该怎么办。等天黑之后再说吧。等到她停下来休息再说吧。他们就这样一前一后地走了四个小时。终于，埃塔停下了脚步，弯身把背包取了下来。拉塞尔赶紧躲到远处的树丛里，不敢靠近。

过了许久，他慢慢地从落叶松后面走出来，埃塔正背对着他。埃塔，他叫了一声，埃塔，是我，拉塞尔，我来看看你怎么样了。

那一瞬间，她似乎定住了。过了好一会儿，她才缓缓地转过身来，手里握着那杆长长的步枪，奥托的步枪。退后，她用枪指着他说，快走开！

她的脚边有一只小小的跛脚的丛林狼，也对着他嘶吼。

埃塔，埃塔，他大声说道，是我，拉塞尔，我是拉塞尔。

拉塞尔，哈，你当然不是拉塞尔，埃塔说。当！然！不！是！你那么老，你比他老多了。

可是，拉塞尔辩解道，我们俩一样大。

哦，不，埃塔否认道，不，不，不，我才没有你那么老呢。你看起来有八十岁，说不定都九十岁了。对不起。她慢慢地把枪放下，枪口对着地面。她拉住拉塞尔伸出的手。你一定累坏了。我知道这个地方对于像你这把年纪的人来说太难走了。要不你留下来和我们一起吃晚饭吧?

拉塞尔的手被埃塔的手紧紧握住,岁月把他们的掌心磨炼得坚韧而厚实。好,拉塞尔求之不得。那好吧。那只小丛林狼走到附近的石头旁坐下,一边舔舐着受伤的腿一边警觉地盯着他。

安顿好他们俩之后,埃塔就去打猎了。没多久,她带着两只小松鼠回来了。这里没有多少地鼠,她说。她把松鼠放到小丛林狼脚边,然后仔细地在猎物身上摸索着,她在找中弹的地方。我必须把子弹取出来,否则他会噎到的,她对拉塞尔解释道,如果你愿意的话可以过来帮忙。

找到子弹之后,拉塞尔拿出一瓶水,两个人把手上的血迹洗干净后开始吃饭。晚饭是拉塞尔带来的花生、饼干和香蕉。埃塔把包里的巧克力拿出来,但拉塞尔不愿意吃,她只好又把它们放了回去。晚饭结束后,他们在松树下驻扎下来,铺好衣服,准备休息。埃塔和小丛林狼在一块儿,拉塞尔一个人在另一棵树下。远处传来一阵轰隆隆的雷声,应该在湖的另一边。如果有暴风雨的话你不应该待在树下。拉塞尔说。

我知道,埃塔说,我当然知道,我可不会找死的。

那天夜里,拉塞尔梦到了电闪雷鸣,而他的头发上全是电线。你不会想碰它们的,他对理发师说,别管了。我们已经无能为力。

第二天清晨，詹姆斯最先起来，他想尝试一下自己行走。过了一会儿，埃塔也醒了过来，她起身做的第一件事就是去看旁边树下的拉塞尔。他还没醒，侧身睡着，那条好腿压在下面，看起来睡得很香。他把格子羊毛外套当成毯子盖在身上。这是他每天等待小鹿时必穿的衣服。拉塞尔？埃塔很惊讶，拉塞尔·帕尔默？

他睁开眼睛，一副睡眼惺忪的样子。早上好，埃塔，他说。看到你真是太好了。我是来带你回家的。

好吧，那太愚蠢了，埃塔说，也是个谎言。

不是的，拉塞尔有点急了。他急忙坐起来，掸了掸沾在手臂上的松针。

是的。我没打算回家。拉塞尔，至少现在还没打算回去。你知道的。

你这样太不安全了，埃塔。你这样做是不明智的。我们可以在家里走路，如果你愿意的话我可以每天陪你走。

可我不想和你一起走。还有，我也不想在家里走。我就是想这样独自一人行走。

可是你，拉塞尔说，你不是……埃塔，你知道你自己——

我一直都记得吃饭、喝水和走路。我知道哪条路向东，还知道如何用枪瞄准目标。埃塔走到他身边坐下来。总之，拉塞尔，你不用担心这一切，不用担心我，因为，正如我所说的那样，你其实并不是来接我的。

拉塞尔侧过身看着她。过去的小酒窝不见了，曾经的青春脸庞上布满了一道道深深的皱纹。

你来这里，埃塔继续说道，是因为最后轮到你了。你觉得必须有我的准许你才能这样做，这真是很悲伤。不过，没关系了。走吧，拉塞尔，去任何你想去的地方，做任何你想做的事情。去吧，独自一人去吧。因为这是你真正想要的，我也准许了，而且你尚有这样做的能力。如果你的愿望够强烈的话，你一定能做到。

拉塞尔叹了口气。他将手搭在埃塔身上，搂住她的手臂，你确定不和我一起？

是的。

他弯下身子，低头吻了吻埃塔的脸颊，然后停顿了一下，他在等埃塔喘口气，之后吻上了她的双唇。埃塔没有拒绝，而是把身子倒向了那件红黑相间的格子羊毛外套。他们的嘴唇紧紧地黏在了一起。

接着他们紧紧相拥。

拥抱。

拥抱。

你和奥托，拉塞尔说边抽离了身子。

是的，我知道。

太不一样了。真是太不一样了。

是的。埃塔说。

我会把卡车卖掉换一匹马,然后向北走。我要去寻找迁徙的驯鹿,一路跟随它们。

那就等以后回家再见吧。

那就等以后回家再见吧。

奥托正在观察燕麦的动静。现在是凌晨三点多。她也醒过来了,正在啃箱子的一角。每当奥托咳嗽时,她都会抬起头看看他,然后跑到箱子另一边,继续啃,就这样来来回回了好多次。奥托依然是被心跳声叫醒。这是燕麦来这里的第五天,她咀嚼着木头,而他喝着牛奶,吃着黑麦面包。

第六天晚上,奥托的咳嗽好了一些。他悄悄地把手伸到柑橘箱内,小心翼翼地把燕麦捧到手心里。你好,他说,晚上好,燕麦。

她的身体抖得厉害,但她似乎并没有逃走的打算。她看了看奥托,把目光移到微波炉上,接下来又是奥托,微波炉,奥托,微波炉。突然她的眼睛瞪得老大,瞳孔发出闪烁的光芒。奥托转过头,顺着她的眼睛望去,原来微波炉深色的玻璃门像镜子一般映出了他们的影像。她目不转睛地盯着镜中的自己。奥托把她捧到橱柜上。她好奇地朝着微波炉一点一点地靠近,直到鼻子完全贴到玻璃上,然后和镜中的天竺鼠互相对视。奥托想把她拉回来,可她不愿意,两条小腿绷得直直的,爪子紧紧抓着橱柜台面,眼睛一刻也不离开镜子。奥托只好弯下腰,陪着她一起看。由于玻璃已经模糊,因此镜中的奥托似乎比本人更加年轻,也更加柔和一些。我应该照张照片给埃塔看看。他不禁暗想。就在这时,小燕麦也调整了自己的位置,对着玻璃舔了起来。为防止被她抓伤,奥托戴上园艺手套强行把她塞回箱子里。我知道,我知道。他说。

第七天晚上,怦怦的心跳声让奥托根本无法安睡。黑夜中,他睁大了双眼,然后突然有了个主意。他穿上睡袍走到厨房里。你好,燕麦,他走到箱子前说,晚上好。小燕麦正在碎纸堆里不停地挖呀、踢呀,直到露出箱子底,接着换个地方重新开始。奥托拿出一个搅拌碗,把半份《加拿大国民报》撕成条状放到碗里。接着又拿出一个碗,朝里面倒上面粉和水。我理解,他喃喃地说,我陪你的时间不够多。所以我来想办法给你找个伴儿。

搅拌好之后,奥托把一层层的混凝纸放到门口的台阶上晾干。没过多久,基本的形状就出来了。奥托在小屋里找到一些标明对家畜无害的油漆,在纸模上画了黑眼睛、鼻子和嘴巴。虽然不是很像,但也差不多了,至少比他预想中的要好。等油漆晾干,不再有气味时,他把这只纸做的天竺鼠放到箱子的角落里。好了,他说,希望能对你有所帮助。

燕麦盯着这个新家伙,抽搐着小鼻子,然后终于忍不住走上前舔了舔它的脸。

第二天,奥托把那堆沾满干面糊的大号、中号碗和勺子浸在水里洗干净,然后用软布把它们擦干,放回到柜子和抽屉中。窗外的阳光被亮晶晶的勺背反射到房间里,洒下一缕缕黄色和白色。燕麦紧挨着那只小纸鼠睡着了。奥托静悄悄地离开了。他还要到地里去查看玉米、土豆和南瓜的长势。最近一段时间天气又干又热,庄稼都急等着灌溉。想到这里,奥托立刻戴上园艺手套出门了。不过,他忘记了戴帽子。

除草，浇水，检查叶片是否有虫害或枯萎病。所有的工作完成之后，奥托朝拉塞尔家走去。

很好，一切都和过去一样。钥匙依然藏在前门旁边的橙色水壶下面，而房间里也依旧是一堆杂物和灰尘。奥托坐在客厅里的单人沙发上睡着了。

当他醒来时已经到了傍晚，四下一片昏暗。奥托有些奇怪，他不是被咳嗽、心跳声或者便意弄醒的，而是其他原因。好像有什么动静，有什么东西就在附近活动。他屏住呼吸，迅速用眼睛把黑黢黢的房间扫了一遍。不对，声音不在房间里，而是在外面。就在前面的两个窗户外。是鹿，有两只鹿在前面的花园里。它们正站在那里吃东西。哦，哦。奥托强压住内心的惊喜。他跪到地上，蹑手蹑脚地朝窗户爬去，然后慢慢地把头凑向窗户，窗户是打开的，唯一的屏障是一层薄薄的丝网。

你们终于来了。他感叹道。

小鹿依然在专心地吃着树叶。

你们知道吗，这么多年来他一直在等你们，多少年了啊！说到这儿，他的声音忍不住高了一些。

其中一只鹿警觉地回头看着他，不停地眨着眼睛。

你们知不知道他现在好不好？

第二只鹿也回过头来看着他，耳朵抽搐着。两只鹿齐刷刷地眨着眼睛，一下，两下。

回到家后，他从橱柜里拿出洗得干干净净的大碗，这一次他倒了更多的水和面粉，接着他再把三份报纸撕碎。准备就绪，他开始一丝不苟地勾勒起纸鹿，和实物一样大小的纸鹿。这是送给拉塞尔的礼物。

* * *

我亲爱的埃塔：

　　这些天来，我们一直走在行军的路上，除了前行没有其他任务。不过我们会一边走一边唱，这让我想起了过去听你上课的时光，真的很怀念。靴子踏过一片又一片树林，一块又一块土地，肩上的枪蹭着屁股上的皮肤，脚上穿着修女们织的袜子，暖烘烘的。

　　到目前为止，似乎所有的一切都是为了前进。乘火车、坐轮船，现在是步行。不过前行本身也是一种进步。那些没坚持下来的人等于在一开始就认输了。

　　两天前，我们经过一所烧焦的房屋，一个男人拖着一只拴了绳子的狗径直走到我面前，他向我乞讨胡萝卜。求你了，求你了，他说，我知道你有，求你了，求你了，给我一两根吧，或者只给个胡萝卜头也行。求你了，求你了。当时我的口袋里装着一些巧克力和香烟，可他不想要。求你了！他乞求道，求你了！她就需要那么一点儿。就一根，拜托了！可是我真的没有胡萝卜，所以只好继续上路。等走得够远之后，我问旁边的杰拉德这到底是怎么回事。他说：我觉得这一切才刚刚开始。

　　跟我说说家里的事吧。天气如何？还那么热吗？是不是还是有很多灰尘？或者一切照旧？什么都可以。还有，跟我说说关于你自己的一切。我把你的照片放在了没有背枪的那侧口袋里，好让它和枪保持平衡。

真诚的奥托。

来信并没有什么特别的规律。有时候顺序混乱，有时候很久都没有一封，有时候一来就是三封，都塞在部队专用的信封里。

亲爱的埃塔·肯：

　　自你的上一封回信到现在已经过去两个月了。我希望你一切都好，没有烦恼。希望你能继续给我写信。这对我来说很重要，真的很重要。

奥。

亲爱的埃：

　　请你千万别误会我。现在这里到处都是人。我们挤在一起吃饭，走路。连吸入的空气都是从别人嘴巴里呼出来的。睡觉也是如此。很有一种在家里时的感觉。可是，埃塔，仍然有一种牵挂，只有在失去时才能体会到它的重要性。已经几个月没有收到你的来信了，我觉得自己整个人都被孤独包围了。

　　我很抱歉自己如此认真和诚实，希望你能理解。原谅我，尽快给我回信吧。

你的奥托。

亲爱的埃塔：

没关系了。今天早上我收到了你的来信，所有的来信。邮戳上的时间都间隔了一个星期，就像装了闹钟一般。谢谢你，埃塔。

奥托。

亲爱的奥托:

　　正如你知道的,我会尽量把你每封来信的错误都修正一遍,然后再寄回给你,这样的话你就可以避免以后犯同样的错误。不过我必须向你坦白,其实每封信里都有一处本应修正的错误,但我从没提起过。每封信的最后,也就是签名后面是不需要加标点符号的,不用加句号。我想原因应该是在一般情况下人的名字只是一个词,而不是一句话。不过,奥托,我喜欢你的用法。我觉得那里面包含了一种完整与信任。所以,请继续这样写吧。

你的埃塔。

亲爱的奥托:

　　学校里的人越来越少。现在,连维妮都要走了。你知道她要去哪里吗?你妈妈病了,就是因为这件事病的。昨天晚上她来我这里,询问我是否了解情况。

　　直到那时我才意识到你和你妈妈真的很像很像。

沃格尔夫人局促不安地站在门口台阶上,不知道是不愿意还是没办法跨进门来。

想不想进来喝杯咖啡？埃塔问道，我喜欢找理由来煮咖啡。说着，她迅速把沾满墨迹的双手藏到背后。

我不会打扰你很久的，埃塔。她说。由于常年被日光照晒，她的皮肤变成了暗暗的灰白色。

不，我是真心的，沃格尔夫人。我这里太安静了。还有很多尘土，不过我们可以装作看不到。

你确定？

当然确定。

那好吧。奥托的妈妈终于愿意进来了。你可以叫我格蕾丝。

她径直朝桌子走去，不过刚走两步，就忍不住问了一连串问题：埃塔，你知道她到哪里去了吗？她有没有跟你说过什么？你知道她为什么要走吗？

埃塔正在水池边洗手。我知道她想去，她的愿望很强烈。

我知道，这一点我也了解，他们都这样。我只是想不通为什么。她终于跌坐进一把厨房的椅子里。我只是觉得，把她留在身边，至少能保证一个女孩，我的一个女孩是安全的。

她坐下时，椅子发出啪的一声。你觉得她打算做什么？她接着问道。

可能是护士吧……城里邮局那里有一个报名点。

不，不可能是护士。让她穿上那衣服，她一定会疯的。再说，我也问过他们了。她没有去那里报名，她没有去做护士。

哦，对不起，那就不是护士。

如果你知道什么消息，请告诉我，埃塔。

如果我了解到任何消息的话，一定会告诉你的，格蕾丝。

一阵沉默。为了打破这份尴尬，埃塔故意在搅拌咖啡时弄出声响。接着她摆好桌子：奶油罐、牛奶罐、糖碗、糖匙、碟子、杯子、咖啡。格蕾丝双手紧握着咖啡杯，仿佛已经到了冬天一般。不过最后她还是感到了烫手。你一定不要停止，埃塔，不要停止去做一个母亲，永远都不要。

我的意思是，在某种程度上，你们一家人都很像。但你和你妈妈特别相似。椭圆形的脸，高高的额头，还有健壮的身材。

我把自己知道的一切都告诉了她，不过我知道的并不多。我知道你妹妹有些不安，她不想当护士。不过我所了解到的都是你妈妈已经知道的。

现在班里的学生越来越少。目前正常情况下只有五个女孩，能来的男孩子和大男人就更少了。还有拉塞尔，虽然很久之前就学完了所有的课程，但他还会时不时地出现。这让我很高兴。他总是尽最大可能帮助我。当然，除了这一点，身边能有个年龄相仿的朋友真是不错。毕竟你、沃尔特、威利，还有维妮都离开了。

他谈到了经营自己的农场。由于很多农场主的离开或死亡，土地变得非常便宜。有时候，他会说，等你从部队回来之后，他要和你一起经营农场。

埃塔。

埃塔：

我们已经停下来了。行军、吉普车，还有歌声都停下来了。我们在一个☐里，就在☐外，这里的建筑大部分都是石头的，又旧又湿又冷。我们的营房就扎在一座摇摇欲坠的老房子里。不知道什么人曾在这里住过，现在他们又去了哪儿。不过，他们把所有的东西都留下了。衣柜里有不少外套和裤子，不过没有我的尺寸。我们就这样驻扎下来，☐这儿一群，☐那儿一群，都是在这种当地的房子里。吉普车停在☐☐，因此，当我们都在屋里时，你根本看不出我们在哪里。

他们说，我们要在这里守住这个小镇。我喜欢这个主意。就像拉住风筝一样。

附近还住着一些当地的居民，不过数量并不多。他们都很老了，而且非常安静。每次在路上碰到，他们都会瞪大眼睛盯着我们。上一次，我和☐在☐，我买了一些糖果，打算分给可能遇到的孩子们。可是一直都看不到他们，一个也没有。

☐☐☐☐如果我看到她的话。我很期待。

真诚的奥托。

从这封信开始,奥托的来信里出现了一个个被裁掉的长方形小洞。每次读信时,埃塔总能从洞里看到自己拿信的手指。一般情况下,人名、地址和数字会被裁掉,再统一放在某个地方。埃塔猜想应该是在英格兰的某间办公室里,里面堆满了写着人名、地址和数字的纸片。路过的人每投一次硬币就可以把手伸进投信口里一次,然后拽出来一张张纸条,上面写着:

赫尔辛基
或
莫桑比克
或
圣安德鲁斯
或
卡拉
也有可能是
七
或
五千九百一十二

11. 执念

詹姆斯可以自己走路了。这真是太好了。因为安大略省确实太大了,应该有马尼托巴省两倍长,然后还要再乘以二的大小。最重要的是,你得不停地避开周围的岩石和湖泊。

我一直都以为,埃塔说,安大略省有很多人。到处都是行人、城镇、汽车和商业区。

好吧,他们显然都不在这里。

是的,除非他们都被变成了石头。

也有这种可能性。

城与城之间的距离越来越长。埃塔不得不靠浆果和蒲公英充饥。即使这样,她还是一直饿着肚子。最后她决定要实行限额配给。

我们丛林狼就是这样的。詹姆斯说。

一直都觉得饿?

是的,要么饿要么困。不过主要还是饿。这就是为什么我们能够轻松地杀死其他动物而你们人类不能的原因。

因为我们不够饿？

没错。

那天晚上，埃塔只剩下最后一块巧克力和最后一块面包，她把它们放在手心里，目不转睛地盯着看。

如果还有食物的话，就应该把它吃掉。

不。埃塔说。

不？

是的。如果还有食物的话，应该利用它得到更多的食物。埃塔纠正他的说法。

她把包翻了个底朝天，终于找到一张装在塑料袋里的地图。由于有詹姆斯做向导，很少用到地图，因此它被压在了衣服最下面。埃塔把地图取出来裹到袜子里，然后拿着空塑料袋和剩下的一点儿面包穿过树丛朝最近的水边走去。

你要去哪里？

你说过是饥饿逼迫你去杀死那些小动物，而现在，饥饿让我不得不选择吃鱼。

她的计划是：脱掉鞋袜，卷起裙边，蹚到河里，把塑料袋半打开放到水下，这样袋子里就装满了水。让袋子保持平稳，然后把面包撕碎，一部分撒到附近，一部分撒到袋子里。继续保持平稳，一动不动，剩下的就是静静地等待。

这里有不少灰黑色的小鱼,最小的只有埃塔手指那么长,再大一些的大概有两根手指长。水浪来回冲击着她的膝盖,但埃塔依然如雕塑般动也不动。慢慢地,面包屑被冲得离塑料袋越来越远。最后,那些她刚迈进河里时散开的小鱼都陆陆续续地回来了。它们瞪大了眼睛,一边嗅着周围的水,一边谨慎地游来游去。面包屑一点一点被吃掉,而小鱼离袋子也越来越近。当外面的面包屑全部吃光后,它们小心翼翼地朝袋口靠近。在埃塔眼里,它们只是一群不会眨眼,与自己完全不同、泛着金属光芒、湿漉漉的食物。这时,一条食指大小的鱼游到了袋口,它把头探进袋中,嘴巴一张一合。紧张不安的埃塔立刻屏住呼吸,猛然把袋口收紧。

可惜还是晚了一步。就在埃塔正要把手里的临时渔网拉出水面时,那条小鱼像根线一般嗖的一下逃走了。她只好一遍又一遍地继续尝试。可是,只要稍微有点动静,那些小鱼便如风卷残云般地迅速散去,许久之后才会游回来,慢慢地向面包屑和袋子靠近。然后再逃走,再回来。就这样反反复复了无数次。天色渐渐暗了下来,湖水变得冷冰冰的,埃塔再也无法站在里面了。

埃塔只好又蹚着水回到岸边,一条鱼都没有捕到,而手里的面包却只剩下了一半。草草吃了几口蒲公英和半熟的绿浆果之后,她就睡觉了。疲劳带来的刺痛感和饥饿不停地折磨着她的双腿、胃部和脑袋。

你应该把那些面包吃掉。第二天早上起床时,詹姆斯对她说。

不，埃塔说，我有了一个新计划。

她拿出钢笔，在袋子底部戳了好多小洞，一、二、三……一共戳了十个。这就更像渔网了，她说，这样会快点。她脱掉鞋袜，挽起裙摆，再次朝水里走去。詹姆斯没有吭声，只是站在岸边，动不动地盯着她。小鱼们一点一点地接近埃塔，先是吃着袋子周围的面包屑，然后小心翼翼地钻到袋子里，再然后，闪电般逃离——比其他任何动物的速度都快，至少比陆地上的动物要快很多，这一点埃塔十分确信——每次收紧袋口前它们都可以毫不费力地离开。一次又一次。虽然现在她收紧袋口的速度快了很多，但依然无法与小鱼的速度相提并论。埃塔又一次两手空空地走上岸，疲惫不堪地坐在遍地岩石的岸边。水滴顺着光溜溜的脚和腿吧嗒吧嗒地滴到石头上。即使在年轻时，她对坐在身后十米高的河堤上的詹姆斯说：我也做不到那么快。

这是预料之中的，埃塔，它们生活在水里，水性肯定比你好太多。詹姆斯一边说一边跳到埃塔身旁。他把受伤的左腿搭在凹凸不平的石块上，然后把一只还在滴血的灰色小松鼠放在他和埃塔中间的石头上，小松鼠的后腿依然在做无用的挣扎。你吃这个。

这不是你的食物吗？那你吃什么呢？

我已经吃过了，一只地鸠。这个给你吃。

可是你说过你一直都很饿。

没错。

我还以为你们动物没有同情心和利他精神呢。

你不也是动物吗?

没错,我也是。

那就吃吧,我们还要赶路呢。

我不知道该怎么吃。

你不知道怎么吃?

是的。我不知道怎么剥皮、剔骨。我真不知道该怎么下嘴。

为什么不简单地咬一口呢?

小松鼠已经停止了挣扎,躺在地上一动不动。我应该带把刀的,埃塔说,可惜手里没刀。她把脚边的石块观察了一番,最后捡起一块看起来相当锋利的小石头。好了,她说,告诉我,我该先从哪里下手,尾巴还是身体?

终于吃完了。埃塔走到河边,把身上和手上溅到的血迹洗干净。她又一次感到了热血沸腾。谢谢你。她充满感激地对詹姆斯说。然后,他们精神抖擞地走了一整天。

又是一个湖泊,埃塔想到了一个新办法。除非迫不得已,否则她不想再继续吃詹姆斯的食物了。还有,她的枪里只剩下三发子弹。她从包里掏出两瓶水,一大一小,都是硬塑包装。小瓶还是满的,大瓶只剩下四分之一。她捏了捏瓶身的硬度。小的塑料瓶回弹的速度更快一些。于是她把小瓶的水倒入大瓶。

我要去打猎了，詹姆斯说，你确定什么都不要？

你管好自己就行了，詹姆斯。我不会有事的。

好吧，不过如果你——

我肯定没事。我已经有计划了。

她带着塑料袋、小塑料瓶和剩下的半块干面包向湖边走去，脱掉鞋袜，挽起裙摆，又一次蹚到水里。先撒一点儿面包屑，再用力挤压小瓶，最后把它浸到水里。一切安排妥当之后，她开始耐心等待。两分钟之后，小鱼们探头探脑地往回游。它们先把最边上的面包屑吃掉，然后一点一点地向瓶子靠近。一条和埃塔小手指差不多大小的小鱼朝瓶口游去，等到它的鼻子碰到瓶口，埃塔立刻松开紧握瓶身的手指，一股水流瞬间被吸进瓶内，当然，还有那条小鱼。哇哦，埃塔按捺不住内心的喜悦。可怜的小鱼不知所措地撞着瓶身。好了，埃塔说，终于抓到一条了。

靠这种方法，埃塔抓到了六条自投罗网的小鱼。每抓到一条，她都会等待小鱼慢慢平静下来。它挣扎的速度越来越慢，直到最后动也不动。这时，她就把小鱼放到用装地图的袋子制成的鱼笼里，然后再用树枝把鱼笼悬挂在石头垒成的小池子中。一条特别小的鱼从袋子上的小洞钻出去了，还好其他的鱼都在。它们有着大理石一般的眼睛，灰黑色，形状很像鱼雷，浑身闪闪发亮，看起来根本不能吃。

像昨天吃小松鼠时那样，埃塔用女记者送给自己的打火机生起了火。詹姆斯躲得远远的，跟昨天一样。他怕火，所以不停地向后退，一直退到湖边，然后远远地望着。

好了，我用石块围了一个小土灶。埃塔找到一根尖头的树枝，把小鱼串起来，一、二、三，戳。可是那鱼皮很像黏糊糊的橡胶材质，滑得很。继续，一、二、三，再来。

还是很危险。

不一定。五条没有逃走的小鱼都被串到一根树枝上，看起来光滑闪亮。一片片鳞片让埃塔想到了昆虫。

你不能轻信它们。难道从没有什么事情是你觉得有危险的吗？

没有，埃塔说。过了片刻，她又补充道：也许是我不知道。她一边回答一边把鱼串放在火上，一阵呲呲啦啦声，中间还夹杂着噼里啪啦的爆裂声。好香啊，我真是饿坏了，她馋得快流口水了。我在想，你吃不吃眼睛？

我一直都吃。

不过埃塔没有吃鱼的眼睛。晚饭后，她回到湖边，慢慢地把鱼鳃、鱼眼睛和没有吃完的鱼肉从骨头上剥下来撒到水里。小鱼循着味道游来了，狼吞虎咽地吞下了这一块块美味。埃塔把骨架和尾巴扯开丢到水中，手里只剩下了鱼头骨。这些鱼头骨比她以前收集的那些更小、更柔软。对不起，她心怀内疚地说，我实在是太饿了。

Il faut manger[1]，它们一个接一个地对她说。

还有很长很长的路要走，是不是?

Ouiouiouiouioui[2]。

---

1 此处是法文，译作"你应该吃掉我们的"。对应前文埃塔认为鱼应该说法语。——译者注

2 法文，译作"是的是的是的是的是的"。——编者注

奥托用了一个多星期的时间才制作完小鹿。最开始是四条腿支撑不住身体，再后来是脖子扛不住脑袋。奥托没有气馁，反而通宵达旦地撕纸、裱糊。燕麦静静地待在旁边，一边啃噬着身边的纸朋友一边看着奥托。

最后，两只小鹿终于可以稳稳当当地站立起来。他分两趟把纸鹿扛到肩上前往拉塞尔家，随后把它们放在之前两只真鹿待过的地方。

就这样了。他自言自语道。

不过，一切并没有结束。回到家后的奥托开始规划下一步的工作。这次必须提前计算好尺寸。他要给自己做一只猫头鹰，给埃塔做一只燕子。

第二天，奥托收到了一张明信片。上面是一头独角鲸的照片，邮戳上的地址是兰金湾。明信片上写道：

> 我改变前进方向了。拉塞尔。

独角鲸，奥托有了个新主意，可以再做一头独角鲸。反正还有很多报纸。

* * *

  四下一片漆黑寂静，整个小镇都进入了梦乡。奥托也不例外。他和杰拉德、阿利斯泰尔睡在一所破旧的老房子里。他梦到了枫糖浆、奶油酥饼和肉桂，还有浑身散发着这些香味的女人。小镇共有两条街道，两边的房子里住满了士兵。他们横七竖八地躺在地上睡着了，脚上穿着五颜六色却不合脚的袜子，黑色的靴子整齐地摆在一旁。镇上剩下的居民不多了，这些人睁着眼睛睡觉，盖着早已看不出最初颜色的被子。他们这些年都是这样过来的。还有他们的狗。

  此刻，只有两个人还清醒着：来自三河的米歇尔和来自赛尔科克的古斯塔夫。他们沿着各自负责的街道来回巡查着，一边走一边倾听周围的动静。米歇尔有着浓密的黑发，而古斯塔夫的头发又少又淡又短。大概走了二十五个来回后，他们会在路口碰头，调换位置，继续前行。场面相当有趣。由于见面时不能说话，也不能发出任何声音，他们只能沉默而正式地握握手，转过身，继续朝着不同的方向走去。

  古斯塔夫最先听到了一阵不同寻常的动静，那绝不是米歇尔时近时远的脚步声。很像是急促的呼吸声，但明显不正常，更粗重，似乎是憋了一大口气后猛然呼出一般。突然间，远处传来咔嚓一声，就像他过去把棒球扔到学校的墙壁上发出的声响。接着，什么声音都没有了。古斯塔夫惊出一身冷汗，竖起耳朵倾听米歇尔的脚步声，没有任何声响。他赶紧坐到路边的石阶上，双手颤颤巍巍地把脚上的靴子脱掉，汗水顺着脸颊不停地向下流淌。他把靴子放到灯柱旁，穿着黄橙相间的袜子悄无声息地向路口跑去。

米歇尔躺在街道中间的地上，一颗子弹穿透了他的喉咙，鲜血汩汩地向外涌出，染红了乌黑浓密的头发。伤口张开着，像极了米歇尔那睁得大大的眼睛和嘴巴。

古斯塔夫悲痛地向他走去，走到半路，突然停了下来，转身朝将领们休息的老市政厅跑去，一边跑一边不顾一切地大声尖叫，完全忘记了之前训练时教给他的对策。这时一颗子弹嗖的一下穿过他的头骨，刺耳的枪声把整个小镇惊醒了。

* * *

亲爱的埃塔：

　　寂静的日子已经一去不返。现在这里一片嘈杂。☐天前的夜晚，我们被偷袭了。虽然这并不意外，我们也受过相关的训练，可我还是觉得有违规则。真卑鄙。我知道从没人说过有什么规则，可我总觉得凡事还是要有个规则。

　　于是，我们失去了坚守的☐和☐和☐和☐和☐还有☐。我们只好退回到☐，没人再能睡着。一切都太可怕了。不过，经历过如此恐怖和不寻常的一夜，我们每个人都觉得来到这里是非常正确的选择。我们这里的男孩，还有整个国家，乃至整个大陆的男孩，为了你，为了你们，要打出一条回家的路。我们从四面八方走到了一起，要一起奋战。虽然一切很可怕，但这种关联在一起的感觉却很奇妙。

　　我一切都好，不要担心。

　　我知道不会等得太久，不过还是要过段时间，我是指他们终于告诉我，我可以回家待几天，很期待到时候能够见到你。

真诚的奥托。

　　又及：依然没有☐☐的消息，不过我会继续关注的。

亲爱的埃塔:

我来到了一座新城镇。我们开始不停地奔波了。行军,躲藏,等待。玩牌。支着耳朵倾听周围的动静。接着又是行军,躲藏和等待。我们会把小镇伪装起来,不过对方也会做同样的事情。有时候我们和对方选的是同一个小镇。我们把排水沟、草和前面的台阶都染上颜色,等他们离开,我们就待在那里。或者我们走,他们待在那里。都一样。然后没过多久,又开始了同样的游戏。

现在我已经用过枪了,还有胳膊、手、指甲和牙齿。我从不知道自己的身体竟然能爆发出如此多的能量。

有消息说,马上会有一批新人过来,以弥补那些死去的人的空缺。死的人越来越多。现在我的室友只剩下☐了。

听到镇上还在办舞会,我真是很高兴,即使已经很难找到舞伴了。我们这里没有女伴,不过大家可以互为舞伴,希望这样说可以让你感到些许安慰。有时候我们会在镇上找到一些被人丢弃的唱片和唱机,值得庆幸的是还可以使用。我们会播放歌曲,但要把声音调得低低的,低到几乎什么都听不到。不过,那些如幽灵一般的本地人还是听到了。他们会循着声音跳起舞,虽然脸庞上伤痕累累,但笑容无比灿烂,似乎已经几万年没有听到过音乐了。

等我回家后,我会和你一起跳舞。

奥托。

～

埃塔把信放到桌子上，用手轻抚着每一个字，似乎在抚摸着奥托的皮肤。就这样过了许久，她把剩下的牛奶喝完，打开了学校大门。

上课时间已经过了十分钟，整间教室里只有两个人：讲台上的埃塔和坐在她对面的六岁女孩露西·帕金斯。

好吧，埃塔说，看来今天只有我们俩了。

是的。露西·帕金斯手里握着铅笔，已经做好了上课的准备。

其他的女孩呢？

都在农场，现在地里需要她们干活儿。

你怎么不去？

我妈妈正在出售农场。

哦，对不起。好吧，你想学点儿什么，露西·帕金斯？

我喜欢唱歌，还有猫。

好，那今天我们就学唱歌，画猫科动物。今天由露西·帕金斯做主。

一个星期之后，公民与准公民局办公室的大区负责人威拉德·高德福瑞来学校视察。埃塔正在和露西一起画猫科动物，由小到大画了很多种，有非洲黑爪猫、西伯利亚猫，甚至还有孟加拉虎。

不好意思打断你们一下。威拉德·高德福瑞手扶着门，两脚在地垫上蹭了几下。

当然没问题,埃塔说,很高兴见到你,高德福瑞先生。可实际上,一切并不好。

那你先上课吧,我可以在后面的桌子旁等你。

好的,谢谢你。

她和露西开始画各种"猫":加拿大山猫,豹猫,美洲狮,中国山猫,狞猫,亚洲金猫,猎豹,雪豹,狮子,还有四只不同种类的老虎。全部画完之后,埃塔让露西给画涂上颜色,自己则向威拉德·高德福瑞走去,他正坐在小桌子后面,双手交叉着放在桌上。

好了,她说,需要我做些什么?

他们打算让她暂时先回家。

目前学校不会挪作他用。你也一样。这是我们唯一能做的。这种状况可能会一直持续到冬天,到时候农场里没什么农活,学校可以重新开门。或者等战争结束,大家都回到家里。不过现在,露西·帕金斯和其他学生都会被送到城里的学校去,这所学校必须暂时关闭。每天早上和下午会安排汽车或马匹来接送露西。如果愿意的话也可以自己骑马。

威拉德·高德福瑞还算不错,他对自己正在做的事情感到非常愧疚。

我很抱歉这样做。他一边说一边把眼镜取下,用力揉了揉鼻子。他已经老了,老得不能去战场了。

没关系。埃塔说。

等他离开之后，埃塔和露西也结束了一天的课程。她们把画着猫科动物的纸做成了一张五颜六色的巨型海报，看起来真是很惊人。送给你妈妈吧。埃塔对露西说。

我希望你留着它，露西说，这样的话，等其他同学回来后，你就可以展示给他们看。

谢谢你，露西。要不要我陪你一起走回家？

哦，不用了，这个没问题，我一直都是一个人回去的。

不过，埃塔还是陪她走了很长的路，直到看见帕金森家那栋奶油色与蓝色相间的老房子。然后露西一个人抄近路穿过农场，经过已经散落在四处的夏洛莱家。当她从破败的房子旁边走过时，那种对比令人触目惊心。

埃塔把海报挂到厨房墙上，然后开始思考以后该如何打算。选择一：她可以回到城里，回到父母身边，重新规划以后的道路。和父母一起待在熟悉的家里，那感觉一定很好。这是最简单的办法。

选择二：她可以试着买下帕金森家的农场。现在的她已经完全属于这里。在这里可以和他们保持密切的联系，可以更好地了解奶牛、鸡和谷物。两只手脏兮兮的感觉也挺不错。到时候她就会变成奥托曾描述的那个样子。也许拉塞尔可以帮助她。

还有其他选择。她可以重新找一份工作，一份可以帮到战士们的工作。比如在工厂里生产他们需要的物资。估计她要和男人们一样穿上工装裤和厚重的靴子。她可以利用这个机会向世界展现自己。

好了,她似乎在自言自语,又似乎是在对着桌子和三个选择说,我想答案其实很简单。

那天晚上,她睡得很晚。等到周围的空气不再滚烫,烤箱的温度不至于让整个房间热得令人窒息时,她才把烤箱拿出来,她要做香喷喷的葡萄干燕麦红糖饼干和方块蛋糕。

亲爱的奥托:

我不知道用这种方法邮寄食物能不能行得通。说实话,我对此颇为怀疑,毕竟要经过无数双手和眼睛才能到达彼此的手里(我每次收到的信都是百孔千疮,不成样子)。不过,我仍然期盼那万分之一的可能性,期盼你可以吃到我在这里为你做的东西,哪怕只有一丁点儿。所有的食物都是我昨晚刚做的,所以你可以聊以自慰地想,它们都是新鲜的,或者说,曾是新鲜的。(我的姐姐阿尔玛在很多方面都比我强,但她的烘焙技术不如我。每次她都要拿着食谱翻来覆去地看个没完,然后向妈妈求助,再赶她离开,最后出炉的一定是干得发硬的饼干或中间夹生的蛋糕,抑或是橡胶一样的面包。但对我来说,烘焙是件非常简单的事情。我通过汤匙就能了解面粉的稠度、各种原料是否均衡,等等。在我看来,这和能否听出一首歌是否在调子上,或者某种物品是红色的还是绿色的一样显而易见。)

如果你无法在睡眠或安全中找到安慰,那就寄希望于它们,希望这些黄油、糖、面粉和水果能给你带去些许慰藉。只要这额外的能量能让你稍微走得快一点儿,或者大脑转得更迅速一些,从而更好地保障你的安全,就足够了。

埃塔。

又及:由于没有学生,他们都走了,学校也关闭了。不过不用担心,我已经有了计划。

我的地址还是这里,未变。

第二天一大早,她和露西一起坐上了开往城里的汽车。

太好了!露西很高兴,我们还可以在汽车上继续做好朋友。

她们在一所学校的门口下了车。这所学校更大,看起来也更为方正。埃塔先步行去了邮局,接着又走到位于弗吉尼亚·布兰卡德家后屋的女性招聘中心。埃塔顺着指示牌穿过前院,经过几扇窗户,她朝里面看了一眼,似乎都是床和孩子们的物品。接着就到了后院,向上走三个台阶,后门上有一排醒目的大字:

女性招聘中心——就在这里!

字后面跟着几道虚线，不过埃塔觉得那线应该画在底部和四周。

弗吉尼亚·布兰卡德正在屋里。她怀里抱着一个婴儿，脚边还有两个盖着毯子睡觉的孩子。埃塔一走进来，她立刻低声问候道：欢迎你，这里能为你提供改变世界的机会！说完她就笑了，埃塔也笑了。她递给埃塔一张表格，上面写着：

姓？

教名/名字？

出生日期？

地址？

你所在区域的工作机会（请选择感兴趣的）：

1）兵工厂工作。

能借给我一支笔吗？埃塔低声问道。

当然……可以，就在什么地方，哈，在那里。她指着摆在她们头顶上方书架上的笔筒，里面装着不少削得尖尖的铅笔。放在上面安全一些。她解释道。埃塔站起身拿了一支笔。

只有一个选择？埃塔问道。

这个选择很不错，就在城里。

那好，埃塔应了一声，在选项一后面打了个勾。

那现在要做什么？

你把表格给我,然后去工厂报到。你知道在什么地方吗?城东郊?经过升降机?明天早上八点。如果愿意的话,可以今天就去领制服,你可能得把它改一下,所以最好提前领回去。今晚六点半之前都可以。

时间还早,埃塔决定在去工厂前先回家看看父母。她帮母亲做了家务。午饭时,父亲回来了,一家三口一起吃了顿饭。

你知道的,他们一直想游说我们买个农场,父亲说,就好像我这种六十岁的老头还能干多少农活似的。

我倒觉得这个主意挺好的,母亲开了口,我现在还能干些提啊搬啊之类的活儿。他们给购买土地者提供的补贴不少。

要是农场原来的主人回来了怎么办?父亲问道。

他们知道哪些人回不来了。母亲说。

所以就把他们的东西贱卖了。

卖的只是土地而已。所以我们完全可以买。

父亲的盘子里放着白面包、黄油和胡萝卜。他还没拿火腿。

我不希望因为我而给你们带来麻烦。埃塔说。

没什么麻烦的。母亲说。

不管怎么说,我们是不想离开这栋房子。我不想辞掉现在的工作。如果所有的编辑都去种地了,那由谁来编辑报纸呢?父亲说。

嗯,等我们快要饿死的时候,说不定还能在报纸上看到这则新闻。母亲说。

我也喜欢这栋房子，埃塔说，我认识一个可能愿意帮你们经营农场的人。

你？父亲很惊诧。

你？母亲则一脸兴奋。

不，埃塔赶紧解释，不是我，是个男孩子，我以前的学生，也是我的朋友。

晚饭后，她去工厂取制服，然后和露西一起坐上了回家的汽车。

今天过得怎么样？

人太多，我都迷路了。

不过很好玩，是不是？像不像探险？

嗯……班里还有两个女生和我的名字是一样的，我们就像三胞胎一样，很好玩。

那就好。埃塔说。

工作服是海军蓝的套装加配套的头巾。上衣的肘部有个洞，还有个口袋里有张皱巴巴的纸巾。埃塔把小洞缝补好，纸巾扔掉，然后就穿上它朝沃格尔家走去。沃格尔夫人正在拣麦子里的石块，旁边还有一个小男孩，是奥托的一个弟弟。她先看到了埃塔，于是向她招手。

你是来帮我们拣石子的吗，埃塔？你看起来像是准备好了。

不是的。真是不好意思，沃格尔夫人。我是来找拉塞尔的。你好，艾米特，你做得真不错。

他已经回他姑姑家了。他姑父走了,现在他姑姑需要人帮忙。

哦,好的,谢谢你。改天我一定过来帮你。

她在拉塞尔姑姑家的牲口棚里找到了他。他正一边检查奶牛的眼睛和舌头一边低声哼唱。

喂!她大喊一声。

他扭过头,没有看到她进来。嘘!牛!说完,他立刻意识到了自己的错误。嘘!他压低声音说,别惊动了这些牛!

喂!这一次她也降低了音量,如同窃窃私语一般。她质问道,你怎么没跟我说你姑父走了?为什么不告诉我?

我为什么要告诉你?

因为我是你的朋友,拉塞尔。因为这并不是小事。因为你能够,不,你应该把所有的大事都告诉我。

没什么大不了的。所有的男人都要走,或者已经走了。

可你没有。

是的,我没有。

这时,其中的一头牛叹了口气,那口气叹得相当沉重。拉塞尔赶紧一瘸一拐地走过去轻抚着它的背。埃塔,他说,你今天穿的衣服好奇怪。

哦,是的,埃塔说,我就是特地穿过来给你看的。这是我的新工作服。这棚里挤满了牲口,又热又难闻,我快热死了。

这么说，现在你成了工厂女孩？

是工厂工人。明天正式开始。由于没有学生，他们已经把学校关闭了……

哦，我没意识到这点。该死，真是对不起。沃格尔家那边需要我，现在姑姑这里也需要我。我要是早知道的话，一定会来……

没事的，拉塞尔，真的。这又不是你的错。现在所有学生的处境都一样。哦，对了，除了露西·帕金森。

我听说她妈妈要卖掉农场。他还在用手捋着牛背上稠密短小的毛发。

是的，我也听说了。这也是我过来找你的其中一个原因。

不仅仅是来展示你的新制服和因为姑父的事情朝我大吼？

是的，不光是这些。还有，我也是二十分钟之前才从沃格尔夫人那里听到你姑父的事情。我跟你说，他们希望我父母去买那些没有主人的农场，可我父母不想那样做。好吧，至少是我父亲不愿意。这就意味着他们不会去买。所以，我想，你应该这样做。

我应该去买？

你应该去买！买一座农场，你自己的农场！你已经不小了，而且在这里也很久了。你一定想要一座！再说，那座农场就在附近，你还能继续帮助你姑姑和沃格尔家。你可以制订一个有效的种植和经营计划。

我可以买一座。

太好了!

可是,露西·帕金森的妈妈怎么办?

什么怎么办?我敢肯定她不想要了。

你说得没错。不过如果他们这样分发土地的话,她怎么能卖得掉她的农场呢?

嗯……我不知道。不过这不是你的错,也不是你的责任。

虽然是这样说,但现在我们每个人都心力交瘁。

这只是暂时的,拉塞尔。不用多久,奥托、维妮、你姑父还有所有人就能回来了,到时候土地上就不缺人手了。一切都是暂时的。现在有一座几乎是免费的农场给你,只限于现在。你必须接受它。

我想我会的。

你一定要接受。

好,我愿意。

你当然会愿意的。埃塔忍不住咧开嘴大笑起来。真是太让人高兴了,拉塞尔。

我想是的。她笑得那么灿烂,那么真诚。他离开那头叹气的奶牛,一瘸一拐地朝埃塔走来。为什么你不要呢?

我不是农民,拉塞尔。我是老师,现在呢,是工厂的工人,看看我。

你是可以的。

我可不这样认为。她把手搭在拉塞尔的肩上,不轻也不重。拉塞尔想都没想地闭上了眼睛。你一定会是个优秀的农场主。她鼓励式地揉了揉他的肩头,而他也睁开了眼睛。埃塔的另一只手放在了一只焦糖色的小母牛背上。她似乎成了一座桥。如果需要的话,我会帮助你的。她抽回了双手。棚里湿热难耐,灼热的阳光像一把把铜锤砸向他们。

行,拉塞尔说。埃塔朝门口走去,她要回去好好睡上一觉,为明天的工作做好准备。拉塞尔用手摸着刚才埃塔的手放的位置。谢谢你,埃塔。

你高兴,我也高兴,拉塞尔。她这样回答。

从那以后,每天早晨埃塔都会和露西·帕金森一起搭乘开往城里的校车。

我喜欢你的裤子,露西说,我也想穿裤子。

谢谢。埃塔说。她每天都穿着工作服。虽然穿在身上又紧又痒,脚踝和手腕处还有点勒,但渐渐地,它似乎成了她的一部分,仿佛蜗牛和它的壳一般。我相信总有一天你也可以穿上。

是的,我也这样希望。

两个人在学校门口分手。露西直接去上课,而埃塔还要继续向东走,经过谷物升降机后才能到达工厂,大概需要二十五分钟的时间。每天去工厂的路上,总会有其他人加入到她的队伍中。她们穿着一样的蓝色工作服,朝着相同的方向前行。随着工厂的临近,队伍越来越壮大，直到最后大家蜂拥到门口，一个接一个挤进站点打卡、摘掉首饰，然后再进入工厂。每次轮到埃塔时，她只是指指自己的工牌。而安检员托马斯耸起像冰柱一般的眉毛问道：结婚戒指呢？她把手指摊开放到他面前。十个指头干净光洁，什么都没有。然后他就挥挥手，示意她可以进入那个散发着冰冷的铜味的巨大房间里。

等到晚上下班后，她就回到自己的小屋里，旁边的学校依然大门紧闭。她会烘焙，烤面包、做蛋糕，既给自己当晚饭，也会送一些给工友、拉塞尔、露西·帕金森和她的妈妈。当然，还有奥托。她总是用褐色的牛皮纸和粗线把食物捆好，然后邮寄到千里之外。每次烘焙的时候，她都会一边唱歌一边把头发解开，好散去那一头的金属味，然后浸满肉桂、豆蔻和香草的香气。她的双手在面团上一按一提，上上下下，挤压着空气。而此时的奥托在千里之外穿着军靴一踩一提，上上下下，收复着失地。

* * *

拉塞尔正和格伦达·休伯特一起踏过满目疮痍的土地，地里杂草丛生，到处都是石块、洞口和尘土。她是洛里·休伯特的妻子，洛里之前是农民，现在也上了战场。她有五个子女，都已经成年，两个在身边，剩下的三个都在远方。她还有十五个孙子孙女，年龄从零岁到十二岁不等。当然，目前她最重要的身份是高夫兰茨地区农业复兴项目委员会的会长。她的灰色制服后面绣着高夫兰茨地区农业复兴项目委员会的首字母。只要她一动，那几个字母就似乎变小了。当心脚下，她提醒拉塞尔，这里可是名副其实的流沙窝，全是地鼠洞塌陷形成的。

好的，拉塞尔说，谢谢你。

在这片坑坑洼洼的土地上走了一圈，二十五分钟过去了。好了，格伦达说，就是这样了。你想要吗？

拉塞尔正在跨过一块绵羊大小的石头，差点摔倒。他赶紧调整好状态，稳住身子，回答说：是的，我愿意。

那你必须答应我，一是要修整土地，还有以后要好好经营，保证在下一年就有所产出。这些都需要你的书面承诺，你能做到吗？

拉塞尔越过格伦达的肩膀向西眺望，方圆几公里之内除了野草和石块之外什么都没有。是的，我可以，他说，我可以。西沉的太阳把天空染成了绛色、橙色和金黄。

12. 流浪

　　埃塔还在不知疲惫地向前走着。詹姆斯也是如此。有时候他会冲到埃塔前面，有时候会走在后面，鼻子不停地嗅来嗅去。当然更多时候他会乖乖地走在埃塔身边。放眼望去，只有数不清的石头、大树和湖泊。

奥托没有睡觉。他还在不知疲惫地做啊做啊。猫头鹰，燕子，独角鲸，地鼠，一对浣熊，狐狸，鹅，松鼠、响尾蛇，还有一头大野牛，做这头野牛花费了他好几个晚上的时间。山猫、鸡、丛林狼、狼，最后是一组小小的、看起来非常精致的草蜢。

*

而拉塞尔独自待在北方的某个地方，除了他没人知道那里。

维妮去世了。在她离开之前,也就是奥托生日那天,她还从巴黎的政府大楼里给奥托和埃塔打了电话。

你要回家吗?奥托像往常一样问道。

这里就是我的家。她也像往常那样回答,她的声音低沉,已经带了当地的口音。

好的,奥托说,我只是随便问问,以防有什么变化。

哈!电话那头充斥着叽里呱啦的外语,奥托一句也听不懂。

六十五年了,维妮。你有没有想过到底什么时候回来?

想过,我确实想过。

嗯……

嘿,奥托,埃塔还好吗?

她……大部分时候还不错,还行。

好。奥托?

什么事?

你知道的,如果你需要我回去,我一定会回去的。

我知道,谢谢你,维妮。对了,谢谢你送给我的礼物,那个地球仪。

有没有准时送到?有没有摔坏?

准时送到了。没坏,很漂亮,谢谢你。

不用谢,祝你生日快乐,我亲爱的老兄。[1]

---

1 原文此处为法语。——译者注

* * *

亲爱的埃塔·格洛丽亚·肯尼科:

此刻我正看着每一颗子弹,我在想你是不是也这样看过。

偶尔,奥托会在晚上休息时溜达到某些依然热闹的地方,那里有酒吧、音乐和女人。在家的时候,奥托只喝过啤酒和黑麦威士忌。在这里,他会喝上几杯葡萄酒,看着舌头和嘴唇慢慢被染成深红色。一般情况下,酒水都是免费提供给军人的。

一个叫吉赛尔的女人总是出现在他周围。无论他们辗转多少城镇,这个女人总会出现。她的头发又短又黑,而且,她总会在奥托发现她之前看到他。

你是我的最爱,她说,白头发的小兄弟,准备好跳舞了吗?

那我不在的时候你和谁一起跳舞?奥托背对着手风琴和单簧管问道。

我的最爱可不止你一个。吉赛尔说,把一只手紧压在他的背上,另一只手插进他的头发里。

埃塔:

□□□ □□ □□所以我们本以为追到他们了,可实际上是他们追上了我们,□□ □□ □□ □□

我跑啊跑啊，不是追逐，也不算逃跑，只是不停地跑啊跑啊，直到我发现自己☐☐，里面漆黑一片，而且是封闭的。不过既然我们在暗处，就能看到明处的一切。我能看到他。这个☐在后面，靠着墙，大口喘着粗气，似乎也跑了很久。我知道他能看到我。他的手一直放在身体右侧，我也是。我想说点儿什么，可是我们语言不通。然后☐ ☐他开始跳起来，立刻趴下。我躲在一个书柜后面，掏出枪不停地射击。时间非常短暂，只是一次呼吸，一句话的工夫。然后我一跃而起，从☐ ☐跑出，我又开始不停地跑啊跑啊，当时我唯一的念头就是一定要把这个经历写下来，写下来，我知道如果一直保持着这个念头，我就会没事。因为我必须安全地逃离这里，那样我才能拿到纸和笔写下这些。

和吉赛尔一起跳舞时，她的卷发总是紧贴在脸上，浑身散发着香甜的花朵气息。借着酒劲，他不住地用鼻子和嘴巴去猛嗅那些搽着香水的地方，手腕、耳后、两乳之间，还有吊带袜的最上面。

亲爱的埃塔：

每一次，所有的事情就像潮水一般打到你的脸上，又像噎在喉咙里的一口杜松子酒，不停地提示你，这是真的这是真的这是真的。仿佛又回到了家里，回到了里贾纳，回到了哈利法克斯，还有那列火车上。所有的一切好像只是发生在舞台上，当你回头去看，看到的也只是表面现象。而现在的一切才是真实的，只有这些才是真实的。

不用多久，我的第一年服役就结束了。他们会给我几天假让我回家。可现在，埃塔，我不确定自己是否想回去了。我不确定自己还能不能融入家里，是的，很可能融入不进去。

我把你所有的来信又看了一遍。还有那张照片，上面有学校、孩子们和你。这些是联系这里和家里唯一的纽带。它们不时地提醒我，我还有家，还有值得我牵挂的一切。

亲爱的埃塔：

十天后，我就要休探亲假了。这真是漫长的一年，就像一直在步行穿过一块齐人高的麦田。我还要这样穿行□□ □□，坐三天的火车，然后应该到达□□ □□。我希望到时候站台上只有你一个人。就在那一刻，我们一起回家。对我来说，爸爸妈妈，拉塞尔，还有我的兄弟姐妹也来的话，我可能会承受不住；我觉得我这样想很可怕。你能理解吗？到时候我会在那里找你。

真诚的奥托。

～

奥托如果回来的话需要多长时间？埃塔做了些奶油酥饼送到拉塞尔的新农场。他正站在老房子外面粉刷外墙，要把整栋房子刷成白色。夕阳把地平线染成了一片红色。

呃，我觉得路上需要七天，说不定能快点。如果是我姑父的话，那就只需要四天……四到八天吧。拉塞尔依然站在梯子上，他低头问道，为什么问这个？

我只是好奇而已。她把盛着饼干的盘子搁在离梯子和涂料较远的一边。我把东西放在这里行吗？

可以，谢谢你。等干完活儿我就把盘子还回去。

还是让我自己过来取吧。最近我们厂的轮班不太规律。

好的。

那好，晚安，拉塞尔。别太辛苦了。

他站在高高的梯子上目送着她离开，看着她穿过一块块田地，直到最后完全消失不见。他慢慢地从梯子上下来，用沾满涂料的手拿起一块饼干送到嘴里。

每天只有一趟火车经过城里，一般情况下，没有人上车或下车。只有在需要的时候才会停车，通常是在非周日的两点十三到两点十四分之间，那时会有很多汽车喧闹地从铁轨上经过。当然这并不排除某一天其他时候有人下车的可能性。为此，埃塔仔细计算了一番，她得到的结论是：奥托很可能在下周四至下下周四之间到达，当然，除了周日。于是，她到厂里询问自己能否调换到夜班。

只调一个星期？

是的，一个星期零一天，拜托了。

值夜班的那几天，她和父母住在一起。因为晚上没有到城里的汽车。她告诉父母，我现在上夜班了。

这不算说谎。父母没问原因，没问这种调班是否正常，也没问以后她是否会多待在家里，是否需要把她的床组装好。但他们组装好了她的床，以备不时之需。

调班前的最后一个星期三，她和露西·帕金森肩并肩坐在汽车上，车子在砾石路上颠簸前行。

接下来的一段时间里我不坐车了。

多久啊？

八天。

你也要去打仗了？

不，不是。

那就好。我会替你保留座位的。

从星期四起，埃塔开始了一种新的生活方式。每天下午一点四十五分，她会穿上那件收腰、带领子的淡蓝色短袖连衣裙前往火车站。两点钟,她准时到达。接着站在站台上等十二分钟。每次听到远处传来的火车轰鸣声时,她的肾上腺素都会飙升。然后她屏住呼吸,看着火车慢慢从身边经过。两点十四分到十六分,她抹去脸上和裙子上随火车而来的灰尘,失望地回到父母家中,脱掉衣服,睡觉或看书。有时候会帮母亲做些家务,或者和父亲聊天。等到了上班的时间,她就换上工作服,伴着落日朝工厂走去。

值夜班的工人和白天的完全不同。当埃塔第一次出现在她们中间时,一个裹着绿色黄点头巾的女工喊道:来了一个新人,谁来咬她一口。

听到这话,另一个裹着普通蓝头巾、嘴唇涂得红红的女工一把将埃塔的胳膊拉到嘴边,轻咬了一口她的手腕,留下了轻微的牙印和口红印。我们这些上夜班的都是吸血鬼,所以必须把你变得和我们一样。

还有更多好玩的事儿。大家一起聊天、说笑,总之和白班完全不同。这样做的主要目的是让大家保持清醒。

你怎么调班了?那个裹着绿色黄点头巾的女孩问道。

就是想试一下。埃塔这样回答。

真的吗?口红女不太相信,老练地挑起一边的眉毛尖声问道。

第一个周四,没人上车,也没人下车。火车平稳而有节奏地向前驶去,似乎永远也不会停下来。

周五也是如此。

周六，两点十分，埃塔听到火车由远及近的汽笛声，她把双手紧攥在背后，呼吸着漫天灰尘。两点十一分，一个女人气喘吁吁地冲上站台，手里提着两个镶着银色带扣的棕色小箱子。她冲着埃塔笑了笑，然后拼命地挥手。两点十三分，她终于踩着三节金属台阶登上了火车。两点十五分，火车启动，开始有些缓慢，但速度逐渐加快，直到最后全速行驶。

周日，埃塔开着父亲的车回到自己在学校的小屋。她先到菜园浇水、除草，然后回屋内拂去落在家具表面的灰尘，同时还要和无休止的困意搏斗。

周一，依然没人上车，没人下车。火车平稳而有节奏地向前驶去。

周二，两点零七分，埃塔听到了火车的声音。她依然把双手紧攥在背后，呼吸着漫天的灰尘。十分，十一分，站台上还是只有她一个人。她理了理头发，目不转睛地盯着火车开来的方向。近了，近了，她看到了车窗，车上的人也看到了她。

两点十二分，火车停了下来。十三分，第三节车厢的门打开了，奥托踏着那三节台阶慢慢走下来。一、二、三，她看到了那如尘土一般的白发。

他只带了一个很软的绿包。他把包放下，朝埃塔走来。

奥托,她喃喃地说,你的头发。

他拉住她的手臂,紧紧地把她拥入怀中。接着是无休止地亲吻,吻到两个人都无法呼吸。可他们还是不愿意分开。

13. 极限

亲爱的埃塔：

我为你做了些东西，等你回来的时候送给你。我终于理解当初你为什么要寄给我那些食物了。虽然拿到手时那褐色的纸包里只剩下腐烂的碎屑，外面的麻绳也散落了下来。现在轮到我在家里而你在远方，所以我会不停地做啊做啊，直到你回来。就像一种提醒，既是对你，也是对我，这些都是你回家的理由。

人们逐渐注意到了奥托的作品。每当有人开车从那儿经过时，就会看到从房门口到院子里摆放着一件件手工制品，好像那种车库销售摊点。那是什么？在去学游泳的路上，邻居家的女孩问父母。

看起来像……一只狼？父亲不太确定。

哦，还有一头野牛！母亲惊讶不已。接着她又指着一个说道，那个……我看不出来，是猫吗？

臭鼬？

我觉得它们是兔子。

它们都是真的吗？

我们可不可以不去游泳了？

我们必须去游泳。

我以为你喜欢游泳？

我是喜欢，不过……

那个是鲸吗？

到了白天，慕名前来观看的人越来越多。他们开着车在奥托家门前的单行道上缓缓驶过，像在举行一场盛大的游行，而院子里的一尊尊动物雕像变成了安静的观众。不过，奥托完全不知道外面发生的事情。每到天亮时分，他就会回到床上睡上一天。

在吃了整整五天的鱼之后,埃塔和詹姆斯终于看到了一个小镇。

我从外围绕过去,然后到小镇那头等你。詹姆斯说。他不喜欢城镇。我可以分辨出你的气息,我能找到你。

好的,埃塔说。对她来说,目前最迫切的需求不是陪伴,而是面包、糖果和黄油。郊区那边应该有商店,我不会耽搁太久的。

没多久就看到了一家商店,也是一个加油站。她走进去买了几个用塑料纸包装的甜面包、三袋杏仁、一升的橙汁、六块甘草片和一个奶酪三明治。她把所有的东西都在柜台上摆好,然后向服务员询问道:这附近有便利店吗?

服务员不解地歪着脑袋,然后指了指贴在收银台上的一个牌子,上面写着:En Français, s'il vous plaît[1]。

好,埃塔明白了,好的,呃……Pouvez-vous dire moi où je trourerais une shoppe de grocerie[2]?

这样好多了,服务员用英语回答她,我喜欢考别人,你知道吧?这里离边境很近了,但大家很容易忘记这一点。你懂吗?所以,谢谢你,埃塔。还有,很巧,这附近就有个便利店,距离这里不到六个街区。朝这边走两个街区,他指着冰棒和冷冻主菜的方向说。然后再向那边走四个街区,他指着小店后面说。那里有一个非常大的红色标识,店名叫滑稽邦尼。他们家的西红柿相当不错。

---

1 法文,译作"请说法语"。——编者注
2 法文,译作"您能告诉我在哪里能找到便利店吗"。——编者注

埃塔走到两栋完全一样的房子中间的草地上，拿出甜面包、三明治和橙汁。刚吃上几口，她突然想起刚才加油站商店里的男人说的话，他叫她埃塔。可是在这之前她从未见过他，更不知道他的名字。她努力回想着他的长相，唯一能记起的就是他朝这里指了一下，那里指了一下。想到这里，她立刻从口袋里把那张重要的纸条拿了出来：

家人：
玛尔塔·格洛丽亚·肯尼科，母亲，家庭主妇（已故）。
雷蒙德·彼得·肯尼科，父亲，编辑（已故）。
阿尔玛·加布里埃尔·肯尼科，姐姐，修女（已故）。
詹姆斯·彼得·肯尼科，侄子，孩子（未出生）。
奥托·沃格尔，丈夫，士兵/农民（健在）。

这些都没有问题。不过，拉塞尔不在名单上，她知道自己认识拉塞尔。于是她拿出笔，在奥托的名字下面添了一行：

拉塞尔·帕尔默，朋友，农民/探险家（健在）。

不，不对，这个男孩不是拉塞尔。肯定是其他人，肯定遗漏了其他人。堂兄弟？姐夫？嫂子？朋友？还是其他什么人？她真希望詹姆斯能在这里。

"滑稽邦尼"确实很好找，正如那个男人说的那样，穿过两个街区，再向北走四个街区就到了。至少他不是骗子，埃塔想。

她买了不少东西，包被塞得满满当当的。她又拿了五个塑料袋，将其中一个装满了补给品，剩下的四个留作捕鱼或其他急用。她心里盘算着，看来也只能拿这么多了。

她走到四号收银台前，收银员是一个披着工作服的年轻小伙子，大概只有十几岁。

你好。她用法语问候道。

埃塔！男孩似乎很兴奋。

埃塔正在把物品搬到台子上，听到这话，她愣住了。他也认识我。可是她完全不认识这个瘦削的年轻人。她努力回忆着，绞尽脑汁想把记忆的碎片找回来。朋友？叔叔？侄子？她眯起眼睛仔细盯着对方。过了一会儿，她又低下头看着自己买的东西。为什么要买这么多东西？为什么要买这种食物？难道要吃这种食物吗？

埃塔，男孩又开了口。他说得很慢，一字一顿，埃——塔，我知道你一定很惊讶，我只是想告诉你，你真的真的很厉害。由于不是自己的母语，他说得有些费劲。你知道吗？我正在想我们能不能把这些食物免费送给你，真的，我们应该这么做。好吗？不行？别担心，不麻烦。你在这里等一下，我马上就回来。

埃塔还在绞尽脑汁地想到底怎么回事，不认识，一点儿头绪都没有。既然他不在这里，她就环顾四周，想寻找一点儿线索。收银台、食物，其他顾客，过道里摆着成箱的食品，一堆堆塑料袋，上面标注着两种语言——英语和法语[1]，法语和英语[2]。这些她都认识。收银台上方是窗户，正对着一个停车场。窗框和布告栏上贴着一些标签，写着诸如"地方认捐"和"普德培财产"的字样。最远的一个标签就在自动门旁。每当有人经过时，门都会自动打开和关闭，发出阵阵"嘶嘶"声。再远点儿是一块写着"当代英雄"的牌子，牌子的左手边有一幅金毛猎犬的照片和穿着泳衣的一家人的照片，在它们中间放的正是埃塔的照片。照片是从报纸上剪下来的，下面还有一篇文章和一张地图。

真是个好消息！男孩兴冲冲地回来了。他一边挽起袖口一边说，我们经理说了，所有东西都免费！

一个一头灰色卷发的女子跟在他的后面，她笑眯眯地说：是的！他说得没错！

这张照片你们是从哪里弄来的？

收银员和经理立刻停下脚步，转身看着那块写着"当代英雄"的牌子。所有报纸上都有啊，埃塔。文章也是。现在《国民报》每天都会刊出一幅地图，就在生活和时代版后面，上面会标注出你可能经过的地方。我们每天都会把它剪下来钉在这里。好吧，实际上是丹尼尔做的，他是你的超级粉丝。

丹尼尔的脸立刻红了。其实我没做什么，他有些不好意思。不

---

[1] 此处原文为英语：English-French。——译者注
[2] 此处原文为法语：Français-Anglais。——译者注

过你真的很伟大，我觉得——

哦！这就意味着，经理突然激动地打断了他的话，我们可以打电话报告你的位置！我们成功地找到了你！这样就可以更新下一幅地图了，他们一定会感谢我们的！

终于清楚了。他们不认识埃塔，这说明她并没有忘记什么人。好，好，但目前，她长吸了一口气。这没什么。她说。

丹尼尔和经理的目光从牌子上挪开，又回到了埃塔身上。他们看起来热切极了。

这并不是什么大事，这只意味着……请小声一些。

当然是大事了。经理压低嗓门说。

当然是大事了。丹尼尔也不同意她的说法。

所以我们才会如此兴奋。

他们帮埃塔把所有的免费食品重新打包好，是不是有很多……人会报告我的位置？埃塔一边问一边把胡萝卜塞到每个包的边边角角里。

哦，没错，很多。不过大部分人都是瞎编的。比如这个温哥华的男人说他在当地的一个大公园里看到了你。

还有那个内布拉斯加州的女士。

还有那个北边的，好像是放牧麋鹿的家伙。

拉塞尔？埃塔问道。

他们一般都不会留下姓名。丹尼尔说。

所有的食物都打包好了，埃塔准备离开了，确切地说是她想离开了，她要去找詹姆斯，问问他知不知道这一切，如何看待这一切。

那么，我在想，经理说，我们能不能和你合个影？可以让其他顾客帮我们拍一张。

埃塔被一群收银员围在中间，他们都穿着红色的工作服，在她旁边是那个一直笑眯眯的经理。负责拍照的顾客笑得更是夸张，他不停地说着，准备好了吗？一、二、三……

当所有人都散去后，丹尼尔陪着埃塔走向停车场，他把手伸向口袋。埃塔，他略带羞涩地问道，你愿意把它带在身上吗？他掌心里托着一只硬币大小的纸鹤，由于窝在口袋里太久，有些被压扁了。小小的纸鹤在他宽大的手掌上显得那么渺小。

行，当然可以。埃塔从他手中接过纸鹤，装进自己的口袋中。

埃塔在城东郊找到了詹姆斯。那儿已经接近荒野。

时间不短啊。

一切都太奇怪了，詹姆斯。人类真是奇怪的动物。

我没有近距离闻过什么人。当埃塔把丹尼尔和经理以及位置报告的事情告诉詹姆斯时，他这样回答，不过以后我会多加注意。

我想远离这一切。埃塔说。

那是不可能的，詹姆斯说，不过你可以假装离得够远。

那你呢？其他的丛林狼呢？

对于丛林狼来说也一样。

他们朝着远离城镇的地方走去，一直走到天色完全暗下来。四周一片漆黑，他们只能停下来扎营休息。

你闻到什么没有？埃塔问道。

没有，什么都没有，詹姆斯说，一个人都没有。

* * *

火车慢慢驶离了站台，留下依然紧紧拥抱在一起的奥托和埃塔。好了，埃塔说。奥托依然紧搂着她的胳膊不放，身体还在向她靠拢。欢迎回家。

好，奥托说，谢谢你。奥托深吸一口气，环顾了一下四周。脚下是干燥结实的木板，到处充斥着明亮而稀薄的空气。旁边的墙上写着列车时刻表和轨道安全公告。而埃塔的头发和衣服和这里的其他人一样，让他感到既陌生又熟悉：还记得吗？记得吗？记得吗？他闭上眼睛，再次把埃塔紧拥到怀中。现在的他只有一个念头。我们能去你家吗？奥托问道。

埃塔去叫出租车，奥托还在站台上等着。他叮嘱她：千万不要叫罗伯特或大卫·马克纳里的车子，他们是阿莫斯的朋友，都认识奥托的妈妈。

现在所有的出租车司机都是女人，埃塔说：不过你放心，我会注意的，以防万一。

司机是一个他俩都不认识的女人，一路上都没有人说话。奥托和埃塔十指相扣地依偎着坐着，手心里全是汗水。

目的地到了，要付车费了。当埃塔和奥托把钱递给女司机时，她摆手拒绝了。不，不要，她说：我绝对不会收的。

下了车，他们磕磕绊绊地向前走着，经过学校，那种熟悉感如同针刺一般袭向奥托。他张开嘴大口呼吸着,连同灰尘一起吸入身体里。记起来了,记起来了。他把埃塔的手臂抓得更紧了。埃塔只好用另一只手笨拙地摸出钥匙。当她推开门时,他已经按捺不住地沿着她的手臂、肩膀、脖子一路吻下去。

两个人倒在了前厅的沙发上,他们已经等不及去卧室了,甚至连关门的时间都没有。请你记住这一切。埃塔说。

我会的,奥托依然紧闭着双眼,我一定会的。

求你了,埃塔说,拜托了。拜托了。

奥托抬头看着天花板上的横梁,顺着方向一根根地数过去:一、二、三、四、五;再换个方向:一、二、三、四、五。埃塔在一旁已经睡着了,也许是在装睡。她的呼吸均匀而有节奏。浅蓝色的裙子还皱巴巴地卷在身上。教室里的横梁是不是和这里的一样?他似乎在自言自语,又像是在问埃塔。我以前从没注意过这些横梁。

奥托,埃塔迷迷糊糊地说,你想聊一会儿吗?

暂时不用。奥托说。

他们就这样躺着,谈不上舒服,也谈不上不舒服。他们只是静静地躺在那里,直到埃塔不得不起身去上班。她穿上工作服,戴上头巾,和奥托告了别。我能在这里待到你回来吗?奥托问道,我想睡一会儿,你放心,我不会动你东西的。

你不去看你的家人吗?

明天再去。

好。那就行，没问题。

他把埃塔送到门口，吻了吻她的额头和嘴唇。她的双唇沾满了浮尘。我的唇肯定也是这样。他想。

埃塔离开后，他又坐回到沙发上，头仰在靠背上，一遍又一遍地数着头顶的横梁。

第二天早上，埃塔下班回来时，奥托还在沙发上睡着。她慢慢地拉着他朝自己的卧室走去，小心翼翼地解开他身上那件灰褐色衬衫的纽扣，然后帮他把胳膊缓缓抽出。接下来是袜子、内衣，一点一点地脱下，最后只剩下赤裸的身体。埃塔把双唇紧贴在奥托的胸膛上，一边吻一边把自己身上的工作服脱掉，最后一头秀发也从头巾中散落下来。

你的头发怎么了，奥托？

在船上的时候我很害怕。

我觉得这样也挺好的，埃塔说，这让你看起来与众不同。

两个人在床上吃了饭。对于埃塔来说是晚餐。对于奥托来说，这已经是早餐了。

吃完饭，奥托打算洗个澡，而埃塔则要好好睡上一觉。奥托一边洗澡一边数着自己的手指头和脚趾头，十个，都是十个，完好无损。奥托准备回农场，回他自己的家。

格蕾丝·沃格尔一直以自己的好眼力为傲。她可以引以为傲的东西并不多,当然这并不是天生的。不过只要你提到自己眼睛好,她一定会和你比一比。她的挑战内容包括诸如邻居家的猫身上的缎带是什么颜色的,大厅门旁边的报纸头版是什么内容,或者路上跑着的小孩手中拿了几块饼干之类的问题。她从来不会看错。大家都说,格蕾丝·沃格尔的眼睛十分锐利,既看得远,又看得清。所以,当她的儿子奥托还在一英里半之外时,尽管他的头发已经变白,她依然一眼认了出来。在他完全没有看到她时,她就看到了他。她甩开手不顾一切地奔向儿子,那架势仿佛要把他撞倒在地。

当跑到儿子面前时,她敞开双臂一把将他拥入怀中。她没有问:

你怎么不跟我们说你要回来?

也没问:

你那漂亮的头发哪儿去了?

她只是慢慢松开双臂,轻声说:

晚饭就快好了,来帮我吧。

奥托和母亲朝房子走去,一路上两个人都没有说话。不过每走十步左右,她都要转过头看看他,生怕他又突然离开了。就快到家了,房子里静悄悄的,没人出来迎接。只有他们两个。奥托不禁问道:其他人呢?

母亲没有回头,也没有停下脚步。沃尔特和威利走了,这个你知道的。格斯去了哈利法克斯。克拉拉的丈夫也走了，所以玛丽去了她家。阿莫斯在莱斯布里奇的营地工作。拉塞尔有了自己的农场，还有维妮……

在某个安全的地方。

你知道？

不知道，但我知道那里很安全。

是啊，维妮在某个我们不知道的地方。

说着，他们走上了门前的台阶，两节高的，一节矮的。接着是门槛，进去后左手边就是厨房，里面热烘烘的，散发着浓浓的头发味和汗味，是孩子们的气息。奥托最先看到了哈丽特，她正背对着他们，仔细检查着弟弟妹妹的手是否干净。

哈丽特！母亲朝她喊了一声。

哦！哦！哦！六岁的乔希站在最边上，两只脏兮兮的小手摊开着。她向外瞥了一眼，立刻兴奋地喊叫道，奥托！奥托！

哈丽特转过身来，你……你这个浑蛋！她看起来非常吃惊。

哈丽特！母亲赶紧制止她。

奥托！八岁的艾米特从队伍里冲出朝奥托跑来。

你压根都没说……威利和沃尔特还让我们倒数日子，可你，压根儿都没提这事。哈丽特从一旁绕过艾米特，走到奥托身边。

奥——托！奥——托！这是九岁的双胞胎艾利和班吉，他们激动地蹦来蹦去。

想吃饭的话就赶紧站好队。母亲命令道。

我只是想让你提前告诉我们。哈丽特一边抱怨一边搂着哥哥的肩膀。她大概比他高半英尺,所以很容易就把他拉到了自己身边。

就在这时,站在队伍另一头的泰德哭了起来,他才5岁。

好了!不要哭!旁边的乔希嚷嚷着。

别哭了,泰德。哈丽特安慰他。

奥——托!奥——托!艾利和班吉还在蹦个不停。

你们也哭了,泰德抽泣着说,所以我才哭的。

爸爸在哪里?奥托问道。

在楼上。艾米特说。

现在先不要去。母亲说。

奥——托!奥——托!艾利和班吉蹦个没完没了。

晚饭是饺子面汤。对于奥托来说这并不新奇,过去在家里他曾吃过无数次。可是今天这顿他却吃出了从未有过的香甜与美味。

晚饭后,奥托走到楼上。所有的房门都紧闭着。父母的、小家伙的、姐姐们的、哥哥们的,都是如此。奥托敲了敲其中的一间,爸爸?

奥托,好,进来。父亲的声音从木门后面传来,听起来与过去没什么两样。

奥托推开门,他记得前面有块地板翘起来了,于是本能地抬着门推开。

看看你,真是,这身军装真是不错。你看看你自己,身上一点儿灰尘都没有。

父亲躺在威利的旧床上，身上盖着被子，只露出了头和脖子，他的头发几乎全白了。

是不是把你吵醒了？我晚点儿再过来吧。

不！没有。过来，靠近点儿。我先把那东西关上。父亲说的是放在床旁边箱子上的收音机。奥托几乎没注意到那里还有声音。

我来，让我来关。

接下来我不知道我们该期盼什么——收音机里这样说。

我其实并没有听。父亲解释道。

好吧，饥饿——没等这句话说完，奥托就关掉了收音机。他不知道自己接下来该怎么做：拥抱一下父亲，和他握握手，或者跪下，或者只是站在床头。最后他走到床边跪下来，把手搭在被子上，他觉得父亲的手应该就在旁边。

我应该早点儿提醒你注意头发，父亲说，这是遗传，不过你穿着这身军装真是帅极了。

谢谢你。奥托说。

你有没有打死过人？

我不知道。

好。父亲闭上了眼睛。无论怎样都很好，他说。他躺在那里，除了嘴巴和眼睛张开外，身体的其他部分一动不动。我没有睡着，他继续说，别担心。我只是厌倦了老盯着一个地方看。

好。奥托说。

如果你想的话，可以看看。

毯子下面？

是的。

不用了。

看吧。没那么可怕。看过之后你会感觉好些。

你确定？

是的。

好。他把被子和床单一直掀到父亲的腰部。父亲穿着睡衣，手臂被皮带紧紧绑到身体上，应该是阿莫斯或沃尔特的皮带。

腿也一样，父亲说。也许你觉得这样很不舒服，不过我自己根本没感觉。

几个月前的一天，母亲发现父亲趴在鸡笼的条板上，手上和脸上被压出了一道道印迹。不是我自己想来这里的，父亲解释说，可是我管不住我的腿。

第二天，双胞胎发现父亲站在高高的防风树上，那棵树枝叶繁茂。当时他们正在岩石谷里，父亲在树上对着他们大声呼救，可是他的双手却还在不受控制地继续向上攀爬。

他的四肢再也不受大脑的控制，无论他怎样努力都无法掌控它们。无奈之下，他只得和妻子讨论如何应对。谈话的时候，他还侧躺在厨房的地上。

你必须努力、努力，再努力，妻子还在抱着希望，尝试着抬起你的胳膊。

他试了一下，胳膊依然纹丝不动。

再试一下，妻子鼓励他。再用力些。闭上眼睛，使劲。用力闭眼睛，用力！

他闭上眼睛——至少他还能控制眼睛、嘴巴和鼻子，它们还属于他——他用尽全力把胳膊向上抬起。此时他脑子里全是妻子和孩子们：奥托、威利、沃尔特、维妮、哈丽特、阿莫斯、泰德、艾米特、乔希、艾利、班吉、克拉拉、玛丽、格斯和艾迪。他一遍又一遍地尝试，胳膊依然放在地上，一动未动。他的双腿开始慢慢地向后蹬，就像在游泳一样。

好了，没关系，格蕾丝·沃格尔说，我们明天再试吧。

爸爸生病了吗？泰德和乔希来到厨房。乔希抓着一只刚出生的小鸡，它拼命挣扎着。

没有。妈妈说。

没有，爸爸也这样说。别担心。我是想知道做一只在地上爬着的老鼠是什么感觉。泰德，你能去找一下哈丽特吗？乔希，我们来看看你手里的小鸡。

哈丽特和母亲一起把父亲扶起来，半拖着将他弄到了楼上大男孩们的房间里。

对不起。父亲很难过。

没什么，母亲说，你不重。我曾抱过比你重的小牛犊。

但不知道他有没有听见她的话，他的手指快速地打起了响指，噼啪噼啪不断。

他依然尽自己所能地做一些事情。身体不受控制不能作为不尽职的借口。白天，他听收音机里的报道，一句话、一个名字都不落下，他要了解应该知道的一切，还有那些他们可能认识的名字。到了晚上，他让妻子和哈丽特把自己搬到楼下鸡笼旁边的椅子上。由于白天他一直躺在床上，盯着一成不变的房间，所以晚上能保持清醒，看护着小鸡以防狐狸或丛林狼来偷猎。虽然胳膊和腿被绑在了椅子上，但他的眼睛依然锐利，不给偷猎者留下一点儿机会。

奥托沿着车道向拉塞尔的新家走去。到了门前，他快速地敲了几下门，然后开始等。过了一会儿，再敲，再等。第三次敲门后，他数到三十，又倒数回来，还是没人应门。他只好到牲口棚去看看。

牲口棚的大门在带刺铁丝网的另一边。奥托只好从窗户进去。他打开窗户，用肘部撑起身体，一个跃起，一头翻进令人窒息的棚内。拉塞尔？拉塞尔？几头奶牛在阴凉处懒洋洋地晃来晃去，一边咀嚼着干草一边盯着奥托。拉塞尔不在这里。

奥托又从窗户翻出去。他环顾了一下四周，几把铁锹，一堆石头，旁边的牧场上还有一匹马和几头奶牛。一只黑白爪子的小猫迎着他跑了过来。

你认识拉塞尔？奥托问。

猫咪没有搭理他，绕过房子向后跑去。奥托跟着它一直跑到房子后面。旁边有不少轮胎和绳子做的秋千，还没有系好，散落成一堆。最后小猫跑到一辆破旧不堪的拖拉机旁，油漆已经脱落，引擎盖和四周锈迹斑斑。小猫猛然一跃，跳到自己的座位上。

那个地方最暖和，她可以在那里待上一整天。

我没想到你还了解机械。

我正在学，目前知道一些。拉塞尔从引擎盖后面走出来，双手在工装上蹭了蹭。他穿着一件红黑相间的法兰绒格子衬衫，袖子被高高挽起。奥托，拉塞尔一瘸一拐地绕着拖拉机走了一圈，你这个浑蛋，跟狐狸一样偷偷摸摸的，就这样一声不响地回来了。不过，该死的，我还是很高兴见到你。他张开双臂，给了奥托一个大大的拥抱。奥托觉得他明显比过去高了，也壮实了不少，浑身散发着香皂、灰尘、动物和庄稼混杂在一起的味道。太熟悉了。奥托意识到这就是自己过去的味道。

你是不是经常想到死亡？

拉塞尔带着奥托沿着农场的外围走了一圈。

你指的是在那边的时候？奥托习惯性地捡起一块比自己拳头略大的石头，一把扔到远处。其实，我想的是活下去。我努力地这样想。你应该看看那些舞会,拉塞尔,那里的女人。

这里也有舞会。

是的,当然。不过,这里……没有那么强烈的对比。

接下来,两个人都没有说话,只是默默地走着。他们走到黑麦地的边缘,拐了一个九十度的弯。这里的一切让人很难忘,奥托说。看看这么大的农场,都是你的,真的很了不起。

谢谢你的夸奖,拉塞尔说。不过这里并不大,走一圈也只要二十分钟。一旦有足够的钱,我会把帕金森家的买过来。

你要保证等我回来后给我留一点儿土地。

你要回来了?但拉塞尔立刻意识到自己问得不合适,马上解释道,我不是那个意思。我的意思是,战争结束后,你不待在那里了?

一旦战争结束,我就会回来,拉塞尔。

好,好。这样很好。我只是不确定,我们在这里什么都不知道。

他们走到另一个拐角处,又转了一个九十度的弯。奥托张了张嘴,似乎想说什么,但立刻又闭上了。他深吸一口气,这才开始说:我不确定,拉塞尔。当我在那里的时候,我不知道自己能不能,我的意思是,还能不能回来。也不完全是。当时我觉得那里的一切压倒了这里,什么都变得毫无意义。一切都是空的,空虚的。那种感觉就像抓着一个幽灵,空荡荡的。

可实际上并不是这样。

一般情况下不是这样。

埃塔醒来时,奥托已经离开了。她躺在床上,回想着昨天发生的一切,想知道是否有什么改变。也许内心变得更温暖了。她很想告诉拉塞尔,可是她不会说,也不能说。说不定拉塞尔还不知道奥托回来的事呢。她还想告诉姐姐阿尔玛。她想把姐姐带到豪得法斯特的那个咖啡馆,点上两份派,让她安静地听自己讲述,让她给出一些冷静而简单的建议。埃塔掀开被子在床边坐下,两条腿搭在床沿上晃来晃去。值夜班的最大坏处是要在一天中最热的时候努力睡着。她跨过扔在地板上的工作服,走到桌子前拉开第二个抽屉,在一堆袜子中摸索着,终于触碰到了一块尖锐、凉冰冰的硬东西。她把它放到耳畔,轻声问道,这样好不好?

Oui, oui, oui. 它轻声回答。

最后一个夜班,埃塔带上裹着糖的、薄如蕾丝的旋转风车饼干来到工厂。

这种饼干很难做的。戴着斑点头巾的女工边说边拿起一枚子弹举到面前,眯起一只眼睛观察着它。这么好的东西送给我们吃有点浪费了。

今天是我最后一天值夜班,埃塔说,她努力端稳。要一直保持平稳,就像当初给她们培训的那个女人强调的那样,要一直保持平稳,必须平稳不动。我觉得我应该给你们留点儿纪念。

什么?已经决定了?这也太短了。这么说你要离开我们了。难道你不喜欢我们吗?套管上的女孩倒影扭曲了。

对我来说,白班或夜班都无所谓。取决于我回家坐的那趟车,它只在白天运行。

那你今天是怎么过来的?昨天呢?

骑马。我借了一匹马。我把马拴在了停车场后面,就在米可博家地里。

哦……我觉得你不该这样做。

是的,我也这样觉得。

我从没骑过马。生产线不远处一个涂着亮红色口红的女工也加入到她们的聊天中。

从没有?

从没有?

我住城里。我都坐有轨列车,或步行。

那让埃塔把你放到她的马上。

其实那不是我的马。

没关系。

我害怕动物。

所有的动物?

是的,尤其是那些比我大的动物。

明天早上我就要把马还回去了，埃塔说，今晚是你唯一的机会。

你从没骑过马怎么知道自己害怕马呢？裹着黄点头巾的女工说，也许你一直都搞错了。

我可不认为自己错了，口红女辩解道，我一见到马就会晕倒的。

要么今晚骑马，要么永远都不骑。埃塔说。

我们有十五分钟的休息时间。黄点头巾附和道。

要么今晚，要么永远都不骑。口红女喃喃说道。

14. 同类

埃塔一刻不停地向前走着。她的双腿、双脚和后背似乎没有了任何感觉,不酸也不痛。她闭上眼睛,眼前出现了许多个自己:一个身穿红白相间的运动服,一个穿着黑色越野滑雪服,还有一个套着奥托当兵时穿的灰绿色军装。

靴子真不错。她对詹姆斯说。

鞋子,詹姆斯说,是的,确实很不错。

她写了一封信:

我亲爱的埃塔:

这些天来,我们一直走在行军的路上,除了前行没有其他任务。不过我们会一边走一边唱,这让我想起了过去听你讲课的时光,真的很怀念。靴子踏过一片又一片树林,一块又一块土地,肩上的枪蹭着屁股上的皮肤,脚上穿着修女们织的袜子,暖烘烘的。

趁埃塔睡着的时候,詹姆斯把信从包里拖出来,一直拖到湖里。浓黑的墨水瞬间溶到漆黑一片的水中。鱼群立刻围了过来,凑在一起,直到墨水渐渐稀释消失。

第二天早上,他装作若无其事地对埃塔说:早上好,埃塔。
她也向他问好:早上好,詹姆斯。
他们继续上路,继续放声歌唱。只要补给充足,他们就避开城镇,前行在郊外的小道上。
但补给总有快用完的时候。埃塔又开始抓鱼煮水,自给自足。
我们现在离城镇很近了,詹姆斯说,我能闻出来。有人,有车子。
我必须得停一下。埃塔说。
我知道。詹姆斯说。
于是,他们改变了前进的方向,朝城里进发。

天很热。
我想我看到她了。
会不会太早了?
哦,那不是她,是辆摩托车。

天太热了。

你不是带水了吗?

带了,不过不是为我们自己带的,是给她带的。

带了多少?

我这是给她带的。

可是真的好热。

我觉得这次肯定是她!

我没看到!把狗赶走——

哦呜,哦呜,哦呜。

快把照相机拿来!

还有水!

你觉得她会停下来吗?

她很少停下来。

横幅!

横幅!

横幅!

差点忘了,快拿出来!快!

我的手心全是汗,太滑了!

举高一点儿!

这里,让我——

挡住我的脸了!

举高一点儿!

埃塔!

是她!

埃塔!

埃塔!

埃塔!

埃塔示意詹姆斯躲到自己身后,最好待在她的腿边。她抬起手向每一个人问好。你好,你好,你好,你好,你好。一个人都不落下。不好意思,我不能停下来。她对着密如盾牌的人群大声说。

哦,我们知道。

没关系的。

我们给你带水了。

(水在哪里?)

(你喝了吗?)

这里,水在这里。

谢谢你们,埃塔说。当她伸手去接水瓶时,闪光灯亮了一下,有人在拍照。接下来"咔嚓"声不断,大家对着埃塔拍了一张又一张。

埃塔!一个推着婴儿车的女人喊了一声,车里有两个孩子,一个睡着了,另一个还很精神。你愿意把它戴到头上吗?她把手伸到埃塔面前。那是一个漂亮的发夹,上面点缀着一颗小小的泛着乳白色光芒的绿色星星。埃塔接过来，握了握她的手，把发夹别到右耳后的头发上。

埃塔！站在女人旁边身着西装、脚穿锃亮皮鞋的年轻男子也鼓起了勇气。拜托，他递给埃塔一枚硬币，这枚硬币是我出生那年发行的。

埃塔一直没有停下脚步，她在人群中穿行着，仿佛游在波涛汹涌的海浪中。

终于她挤出了人群，身后依然回荡着呐喊声。

埃塔！

埃塔！

埃塔！

声音越来越弱，越来越弱，直到最后完全听不到了。那一天，她收到了不少礼物：食物，水，发夹，硬币，一根绿色的丝带，一个小盒子，一个塑料士兵雕像，一块浑圆的鹅卵石。她把丝带系在詹姆斯的脖子上，把其他东西都放到了口袋里。

有人跟着我们吗？她不放心地问道。

没有。詹姆斯说。

他们再次回到荒无人烟的野外，陪伴他们的只有星罗棋布的湖泊和茂密的树林。

桌子一侧摆着装面粉的碗、工具和报纸，另一侧放着所有的信和食谱卡片。奥托在上面清出一点儿空间，找出一支比较好用的黑色钢笔和几张纯白的信纸。脚边的燕麦骨碌碌地转着那对大理石玻璃般的眼睛，抬头盯着奥托，时不时地对着她的箱子舔上几口。

亲爱的埃塔：

他开始写道，

　　有人给了我一笔钱，一大笔钱，她想买我的作品。你不在的这些日子，我做了很多手工品来打发时间。一天，一个灰褐色头发的女人开车从我们家门口经过，然后停下了车。当时是白天，我还在睡觉。不过她说她看到我正趴在桌子上，于是就在院子里等着我醒来，边等边欣赏那些动物。那天我一觉睡到太阳落山。她转头看到我不在桌子旁，立刻过来敲门。我请她进屋，给她拿了一杯咖啡和一块方面包。她说，可能要下雨了。
　　我搅了搅自己的咖啡，也递给她一个勺子。她说，不用，奥托。真的快要下雨了。虽然现在还是夏天，但这样的天不可能一直持续下去。不久之后就会下雨，然后是下雪。最后，院子里的一切都会被毁掉。我们可以替你保管这些作品，把它们放到美术馆里。我们甚至可以把美术馆的墙壁和周围的一切都涂上和这里一样的颜色。

我告诉她，等到下雨的时候，埃塔就会回来了。下雪之前她一定会回来的。所以即使它们溶化也没关系。

怎么可能没关系，她说。

没事的。

她给了我一张名片，以备我改变想法。我把名片收起来了。

就是这些了。

我很想知道你在哪里。我想知道你走了多远的路，还要走多久。现在我们家的院子已经被摆得满满的，拉塞尔家也一样。我累了，也老了。我多希望自己能知道你还有多久才回来。

今晚我打算做鳟鱼。如果有足够的面粉的话，说不定我还能做一个学校出来。

爱你的奥托。

* * *

每天早上，奥托都会帮着妈妈和哈丽特干活儿。拎，搬，拉，走，喊，握，一刻也不停。不过，这种感觉真的很好，他喜欢这种体力活。到了下午，他又去拉塞尔的农场帮忙。那些家在城里的士兵回来后只能安静地盘坐在沙发上，真是太遗憾了。

从拉塞尔家出来后，他就去教师小屋看埃塔。每次她都刚到家，要么还没来得及换掉工作服，要么刚换完衣服。见面后，两个人先举起右手，伸出手指，那代表剩下的天数，五天，四天，三天。然后两只手紧紧贴在一起，再然后，两个人拥在一起。除了这个，他们不再提飞一般过去的日子。

还剩下两根手指的那天，两个人依偎着躺在床上。窗外的太阳已经落到了学校后面，温暖的余晖洒在帕金森家杂草丛生的田地里。埃塔说，我觉得我们应该朝上数。

从门口到床边散落着两个人的衣服。埃塔用脚趾头挠了挠奥托的脚底板，他还穿着袜子。

朝上数？

是的。现在我们每天都是在倒计时，我觉得我们应该朝上数。我们要统计一下在一起的时间。朝上数。

奥托想了想，抬起双手，正好遮住了从窗户透进来的阳光。他一只手伸出两个指头，另一只手伸出三个指头。埃塔也伸出手，两个人的双手重叠在一起。

第二天变成了一和四。奥托把所有的信都拿了过来,包括那些他寄给埃塔,埃塔修改后又寄回给他的来信。他把信按照时间顺序排好,一封封地朗读给埃塔听。每读完一封,他就会递给埃塔,看着她把信放在床边桌子的抽屉里。就这样一封接一封地读着,收着。到了最后一封,她说,继续。

他明白了她的意思,继续读下去,读着还没有写下来的信,她也一样,对他念着还没有回复的回信。

外面的风依然很大,扬起一阵阵灰尘,窗户上落了厚厚一层。从房间里向外望去,眼前只有无比绚丽的落日余晖。这样最好,他们可以假装看不到逐渐暗淡下来的天空。

第二天,埃塔比平时提前一个小时吃了午饭。她匆匆赶到车站,和奥托的家人一起为他送行。她悄悄地挤到哈丽特旁边,好显得不那么突兀。队伍的一端摆了一个凳子,这是给奥托爸爸准备的。他坐在那里,手脚依然被紧紧地捆住。埃塔刚溜进来的时候,格蕾丝·沃格尔就看到了,不过她什么也没说。

我知道,我很快就会回来的。奥托安慰大家。用不了多久,我们就能再次相见了。

要勇敢。泰德说。

不要哭,我不哭,你也别哭。我没哭,每次你哭,我都没哭。

我不哭，你哭了。艾利和班吉说。

你们都走了，真是太愚蠢了。艾米特说。

小心点儿。这是哈丽特。

一定要小心。这是克拉拉。

尽量保持善良。玛丽叮嘱道。

我爱你。埃塔小声说。她的声音太低了，低到奥托都没听清。

别忘了我们。拉塞尔说。

记住我说的话。哈丽特又强调了一遍。

拜托了。这次是妈妈。

不要迷失自我。父亲说。

接下来，奥托吻了吻每个人的左颊。走到埃塔面前时，他犹豫片刻后在她手背上轻轻吻了一下，最后他又吻了吻母亲的手背。告别完毕，他从哈丽特手里接过包裹，登上了等待他的火车。他是本站唯一的乘客。在火车驶离站台前，他在布满灰尘和油脂的窗户上写下了：

你的奥托。

送行的人依然站成一排，目不转睛地盯着火车刚刚停留的地方。当火车在视野中完全消失时，坐在凳子上的父亲说：好了，大家都回去干活儿吧。于是，所有人都散去了。拉塞尔带着艾利和班吉骑在马上，其他兄弟姐妹们回到卡车里。小一点儿的孩子坐在驾驶室内，大一点儿的和父亲一起坐在后面。格蕾丝·沃格尔负责开车。埃塔则朝着工厂走去，一边走一边把头发裹到头巾里。你要一边等待一边工作，她对自己说，边等待边工作。一想到这儿，她就感到胃里一阵痉挛，像是有人在拳打脚踢一般。

15. 自己

埃塔和詹姆斯沿着河流一路向东。途中遇到的城镇和人群越来越多。他们送给埃塔很多礼物，纽扣、相片、弓箭头，还有戒指。每次从人群中穿过后，她都会问詹姆斯同样的问题。

有人跟着我们吗？

他也总是回答，没有。

然后他们就回到僻静的野外睡觉。

要不了多久我们就得穿过这条河了。它越来越宽，慢慢变成了大海。

我知道，埃塔说，我就是在等合适的桥来过河。到目前为止我们看到的桥都是钢筋水泥的，上面还有好多车子。我们没办法过去。

我们可以游过去。詹姆斯说。

可是河堤又高又陡，我们什么情况都不了解。我可以先下水，詹姆斯说，我可以帮你。

再等两天,埃塔看了看脚下几乎笔直的河堤说,如果两天内还找不到合适的桥,就游过去。

不过第一天快要结束时他们就遇到了一座合适的桥。那是一座木桥,桥身和围栏都是用深色的木头搭成的,所以桥上面又暗又湿。这是一座老旧的铁路桥,埃塔说。就它了。

我不知道,詹姆斯说,我不喜欢它。

它很漂亮,埃塔说,很不错。

不,詹姆斯依然坚持自己的看法,你看不到里面的路,中间太黑了,不行。

我们只能从这里走。埃塔也坚持着。

那我游过去。他说。

从下面?

是的,对我来说这不算什么难事。

那我们就到对岸碰头。

好,到时候我可以用鼻子嗅到你。詹姆斯一瘸一拐地沿着峭壁慢慢地向下走,一路上还不时地把石块和花瓣踢落到河里。埃塔试探着把一只脚轻踩在桥板上,看看有没有腐坏。确认没问题后,她才敢把双脚踏到桥上。

接下来的前行依旧谨慎而缓慢。先试探,再向前走。一步一步,越走越远,就快到桥中央了。而詹姆斯正在她下方的水里呈之字形向前游着。埃塔的左手紧抓着围栏。她在想,万一脚下打滑,这栏杆能否支撑住自己的身子。抓紧，试探，前进；抓紧，试探，前进。终于到了桥中央，四下漆黑一片。抓紧，试探，前进，抓紧，停。这一次她手里抓的并不是凉冰冰的木头，而是一个软软暖暖的东西，很像是衣服，羊毛的。她小心翼翼地上下摸索着，轻轻呼吸，然后摸到了肩膀。

埃塔。对方突然喊了一声。

天哪！她吓了一跳。

对不起。

上帝啊！

别害怕，是我。

你是谁？

我是布若妮。

虽然周围漆黑一片，埃塔还是闭上了眼睛。布若妮？这是个人名吗？难道是姓？

詹姆斯？

不，是布若妮。那个肩膀动了一下，一只手搭在了埃塔伸出的手臂上。我是之前的那个记者，你还记得吗？

深紫色的羊毛西装，她想起来了，就是肩膀上的这种面料。记得，她说，我当然记得。布若妮，你是来这里做采访的吗？

不是。布若妮说。

你是这里的人吗？

这座桥？

好吧，可能是，我说的是这个地区。

不，我几乎不会说法语。我来这里的唯一原因是我一直在跟踪报道你的故事。你看到的那些人，我就在其中，只不过每次都站在后面。

你根本没跟我打招呼。埃塔说。

对不起，布若妮说，我在积攒勇气。

你是不是有东西要给我？埃塔问。

是的，记者说，是这样的，我确实有东西给你。她挺了挺肩膀，接着又松懈下来，叹了一口气后，她说：埃塔，我已经厌倦别人的故事了。

你给我带来了很多故事？

不，是我自己。

你自己？

我把我自己带来了，我愿意和你一起走。

哦。

可以吗？

可以。

就这样，女记者走在右边，右手紧扶着围栏，而埃塔依然走在左边。她们手拉着手走过桥中央。你有没有想过，布若妮问，要是我脚下的木板掉了，你能不能拉得住我？

估计拉不住。埃塔诚实地说。不过，她们还是慢慢地向对岸走去，远处的天边已经露出一缕缕晨光。

她们一路走着，很少说话。河的这边城镇明显少了很多，四周也安静很多。每到一个转折点，比如道路或河流的分叉处，埃塔都会停下来环顾四周，朝地上吐口唾沫，用鞋底使劲蹭几下。之后到了一座山前面，又是一个分岔口。当埃塔第三次这样做时，布若妮终于忍不住问道，你为什么这样做？

我是为了詹姆斯，埃塔说，这样的话他就能找到我。

可是，三个小时之后，她们还是没有找到詹姆斯。埃塔在心里默默地倒数了几秒，然后停下了脚步。你说那里的河水是不是很急？她问道。

我们刚刚过的那座桥？圣劳伦斯河？

是的。

我不知道。它很大。

很深吗？

很深。

好吧。埃塔说。接着，两个人继续赶路。

晚上睡觉前，布若妮想生一堆火。

不能生火。埃塔赶紧制止她。

为什么不行？晚上会很冷的，虽然现在还好，但很快就会冷了。

詹姆斯不喜欢火,他怕火。

哦,布若妮说,好。

埃塔找了一些较宽的苔藓盖在女记者身上,绿植的一面朝下,好让她暖和一点儿。布若妮躺在地上,闻着浓浓的青草气息,说:埃塔,即使我们回去,你也不可能下到河里。

我知道。埃塔说。

你别太难过了。布若妮说。

我知道。

好吧。

亲爱的奥托：

我给你寄了一块驯鹿皮。你摸摸，摸摸它。很棒吧？是不是和马、奶牛、猫、狗的完全不同？是不是非常神奇？

这里已经变冷了。我在考虑做一件外套。一个会纺织的女人已经给我做了一顶帽子。她总是坐在家里，门口正好是驯鹿迁徙经过的地方。总会有些驯鹿支持不住倒下来，或者远远地落在后面。于是，她就从这些驯鹿身上取下皮毛做帽子。她家里到处都是这种皮毛。她说到了秋天和冬天，这顶帽子会非常暖和。

不过到那个时候我应该已经到家了。

真诚的拉塞尔

奥托把那块驯鹿皮从信封深处拉出来，上面的毛已经缠成了一个个小球，很像是他想象中自己头发最后会变成的模样。虽然已经八十三岁了，但他依然一头浓密的白发，而这白发从十七岁那年就伴着他了。他把一个个小球抚平，然后用食指和拇指把驯鹿皮捏起来，慢慢地摩挲着。它比猫和鹿的皮厚，比狗和狼的皮软。顺着纹路摸起来非常柔软舒适，若是逆着纹路摸，就会感到有些扎手。

最近一段时间以来，他咳得很厉害。一开始，燕麦总会被他的咳嗽声吓得跳起来或者躲到纸糊的自己后面。不过现在她已经习以为常了，她会继续舔纸箱，咀嚼或者睡觉，完全不受干扰。而奥托也习惯了全身一阵阵的痉挛，就像海浪那般有规律。只有清晨或晚上或其他时候他打算睡觉时,才会注意到这些不适。当他闭上眼睛时,他会专注于身体的任何一点儿变化,每次咳嗽肺里都像有回声般地轰鸣,而心脏也会随之加速跳动。他只好抓住咳嗽的间隙入睡。五秒,十秒,两秒,他把这零碎的时间收集叠加起来,就像拉塞尔送给他的那一团团皮毛。他把那份珍贵的礼物放在了流理台上的大碗旁,打算用来做自己的下一个作品:一只驯鹿,和真的一样大小。到时候就可以把这些皮毛粘到眼睛周围。

* * *

奥托登上了火车，轰隆隆的车轮沿着铁轨载着他奔向遥远的边疆。下了火车，他又踏上了轮船。没日没夜地训练，假警报，真警报，轮流用拖把和抹布把甲板上的鞋印擦掉。唱歌，大笑，直到听到船长或其他人的吼叫，四面八方有子弹射来，他们才会趴在或躺倒在甲板上。多亏了拖把和抹布的掩护，他才可以安然无恙地把脸紧贴在船板上，捡起散落在上面的粮食。这种感觉真的很奇妙，就好像只要用力倾听，就可以在炮弹声和呼喊声中听到父母的说话声，还有跳舞的声音。他的头发一如既往的如雪一般耀眼。当他走下船踏上坚硬的土地时，双腿竟然不适应地发抖。身上的行李袋晃个不停，上面的褶皱里还存着自家农场里的尘土。紧接着，所有的行李都被塞进绿色的卡车，奥托则和其他人一起并排坐到车里，膝盖碰着膝盖。终于到了回程的最后一步。

卡车把奥托放在一座布满沙石的小村庄前，这儿距离他两个星期前驻扎的营地只有几英里。这说明什么？赢了还是输了？他问杰拉德，对方正领他去睡觉的地方——一座废弃的教堂侧厅。

这说明我们还在行动中，杰拉德回答说，来回不停地移动，我们不是在和对方战斗，而是在跳舞。

随着受伤和死亡人数的攀升，他们的人数越来越少。还有三名休假回家的士兵没有回来，他们的家人赌咒发誓说根本没见到他们人影。用不了多久就会有增援部队过来,杰拉德一边说一边咬着指甲旁边的死皮。最多一两天,肯定在你再次调整好之前。杰拉德没有回家,他选择了留下来。他待在部队里等着奥托和其他战友一个个回来。我宁愿在脑子里构想回家的情形也不愿意看到真实的场景,他这样说,我一个人在这里监视执勤,从早上八点到晚上八点……我想象的是自己正陪着妻子,夜复一夜地陪着她。老天,她真的非常漂亮。对我来说,这样最简单,也最容易。

～

奥托离开两天之后，穿着工作服的埃塔在下班后步行去拉塞尔家帮忙。他正弯着腰拔蓟。埃塔没有戴手套，只能帮着拔蒲公英，连根一起拔。两个人就这样一块儿清理土壤里的野草、杂物，没过多久，就清理出一大堆垃圾。

你不必这样做。拉塞尔说。

我讨厌回到空荡荡的房子里。埃塔说。

那行。拉塞尔说。

又过了几天。露西·帕金森在车上问埃塔：

你讨厌城里吗？

你指的是镇上吗？学校和工厂所在的镇上？

是的。

不，我不讨厌。

我很讨厌。露西·帕金森说。

第二天，露西·帕金森没有来坐车，埃塔坐在一个倚着窗户睡觉的男孩旁边。

下班后，她又去了拉塞尔家。他已经到了田地深处，依然在和那些蓟斗争着。她走到他身旁，继续拔蒲公英。

昨晚帕金森夫人来了，拉塞尔说。他先用一只手拉住蓟的根部摇晃了几下，然后用两只手搂住，用力一拔，长长的根就出来了，大概有露在地面的枝干的两倍长。她已经放弃出售农场了；她说自己只是太累了，有种回到过去的感觉。又一棵蓟，拉塞尔用力一拽，凌乱的根部像未梳理的长发一般呈现在眼前。我说她看起来和过去一样，至少在我看来没变化。可是她摇了摇头说，不，拉塞尔，不一样了，完全不一样了。她说既然我们两家的农场挨着，她希望把她家的农场交给我。她和露西会搬到城里，和她姐姐住一起。可能今天或明天就要搬走了。

今天。埃塔说。

你和她们谈过了？

不是，露西今天没有去坐校车。埃塔把蒲公英的叶子摘下来单独放一堆，这个可以用来做蔬菜沙拉。拉塞尔，她又问道，你觉得——

我知道。邮差认识那封寄给帕金森夫人的信封颜色，还有里面的东西，她感觉得出来。她只收到过一次西部联合电报发来的信件，她说，和其他信件明显不同。她刚刚才给我姑姑送过信，正好是帕金森家前一家。她走进去坐下，端了一杯咖啡，但一口也没喝。她和我姑姑在桌子旁边坐了很久，她说她希望时间能倒流，这样就不用去做这件不得不做的事情。咖啡已经冷了，还有很多信件没有送，她只好和姑姑告别。后来姑姑来找我，让我去她家帮忙。然后她就告诉我了。

昨天的事？

前天的。

埃塔揪下几片叶子，掰开茎秆，一股浓浓的白色液体流到她的手心里。拉塞尔，她说，他是这里的人。和我们来自同一个地方。他，可能是这里的任何一个人。

我知道。我姑姑知道，格蕾丝·沃格尔知道，邮差也知道。奥托，沃尔特，威利，我姑父，兰卡斯特先生，还有维妮，所有人都知道。

埃塔把双手在裤子上蹭了蹭，然后将叶子放到之前的那一堆中。那你是怎么说的？关于农场？

我说我会照看好农场的。我会一直经营下去，直到她们希望收回去。帕金森夫人说她再也不想看到它了。不过我坚持说，我还是会还给她们的，还是会的。不，拉塞尔，你不要客气，她说，你是这里唯一剩下的，拉塞尔，只有你了。

她说得不对。你并不是唯一的，还有我呢。我会帮忙的。

我知道。

放弃是可怕的，非常可怕。

我知道。

所以我想做事情，一直做下去，一刻也不停。只要我们一直做，就能生存下去，只要能生存下去，我们就能赢，是不是？

埃塔，今晚我们去跳舞吧。

好的。

* * *

亲爱的埃塔：

　　一切都很好。我完好无损地回到了部队。船在水面航行，而我一直待在上面。现在一切貌似都很安宁☐我们在等新兵过来，他们的到来不仅会带来人数上的增加，更能鼓舞士气。而在此期间，我们这些留在这里的人的晚餐、袜子、剃须刀片，还有毛毯的供应量都加倍了。饭实在不好吃，不过能管饱就足够了。所以，一切都很好。除了，我想念你的皮肤，埃塔，还有你的手，你的工作服，光洁的双腿和☐和☐和☐和☐和☐☐为我☐☐。在这里既容易又艰难。

你的奥托。

16. 逆风

和布若妮一起度过的那个夜晚，埃塔再次梦到了大海。她离岸边已经很近了，但还需要再游几步。可是身上的衣服太大，袖口和裤脚都挽了好几道，每当要划水时，挽起的衣服就会散下来裹住手腕和脚踝。陆地已然近在眼前，她看到了岸上的男孩，他们整理好东西，一对对地跨过沙滩，向远方走去。可她就是游不过去，她要不停地在水中卷好衣服，游一下，再卷衣服，再游。杰拉德也在沙滩上，他正在等她，目不转睛地盯着她。她不知道他还能等多久。

第二天一早，她被布若妮打开玻璃纸袋子掏瓜子的声音吵醒了。哦，好，好，埃塔说，你还在这里，谢谢你等我。

布若妮笑了笑，把敞开的袋子递给埃塔。烧烤味的。

埃塔抓了一小把。其他人都走了吗？

只有我们两个人，布若妮说，和昨晚一样。

可昨晚我们大家在船上呢。埃塔说。

桥上。布若妮纠正她。

船上。埃塔还在坚持。

好吧。布若妮不再和她争辩,那我们要出发吗?

好的,埃塔说,肯定的。

大概九点左右,她们停下来休息了一会儿。之前,两个人一直在默不作声地赶路。

你觉得他会回来吗?埃塔问道。

谁?布若妮没反应过来。

詹姆斯。

哦,我不知道。埃塔,我希望他能回来。

你不怕丛林狼吗?

这个世界上有很多东西比他们可怕得多。

比如?

熊……人……鲨鱼……

这里有时候也会有熊出没。

我知道。

还有人。

可是没有鲨鱼。

据我所知没有,一条都没有。

她们喝了点水,伸伸胳膊,踢踢腿,又像之前那样留下气味记号。埃塔走到离布若妮老远的地方坐下。准备好出发了吗？布若妮问道。埃塔正坐在石头上看着一张皱巴巴的小纸条。

你是埃塔·格洛丽亚·肯尼科，来自鹿谷农场，到八月份满八十三岁。

布若妮，埃塔问道，今天早上我是谁？
你当然是你了，埃塔。
那我是谁？
我不敢肯定。
我也不敢肯定。

她们穿梭在低矮的丛林和高耸茂密的森林间。有时候路两旁是陡峭的石壁，有时候却是一望无际的田野。她们脱掉鞋子（埃塔穿的是运动鞋，布若妮穿的是高筒皮靴），在一条条铺着鹅卵石的浅溪中跋涉，在一座座湿滑的石板峡谷中穿行。她们远离城镇和喧嚣，不停地走啊走，几天内都见不到一个人。布若妮把紫红色的外套脱掉系在了腰间。天气越来越热，埃塔不得不多吃些糖和其他快速补充能量的食物以让身体保持正常运转，头脑保持清醒，然后再一直向前走。她渴望遇到河流和小溪，那样就可以光着脚在水里蹚来蹚去。

此刻，她和布若妮正漫步在一条向北流淌的溪流中。水有些凉，而外面的空气却热得发烫，冷热交加让浸在其中的小腿不时感到微微的刺痛。就在这时，埃塔突然问道：嗨，布若妮，说说你的故事吧。

问题是，我的人生没有故事。每次把脚从水里抬起时，布若妮都会踮起脚尖，就像专业的潜水员一般，这样的话涟漪会变得小一些。

你一定有。

真的没有。

每个人都有隐藏在外表下的故事，你也一样。也许是你忘了，也许是被遮住了，你找不到它们了。

可能吧。布若妮说。

好吧，你可以使劲想一想，埃塔说，等你记起来了就告诉我。

好的，布若妮答应她。她们继续向前走，布若妮依然优雅地踮着脚，而埃塔则小心翼翼地拖着步子以防滑倒。

就这样走啊，走啊，向前，拐弯，一直朝着东北方走去，同时不忘和美国边境线保持距离。到了晚上，她们就睡在圣艾泽亚泰米斯卡特郊外一个废弃的牲口棚里，四周开满了荠菜花。

那天晚上，埃塔又做梦了，不是在游泳就是在跳舞。她也不确定，不过无所谓，因为对她来说没什么区别。唯一的不同是，游泳时你的舞伴是水，到处都是水，它们时刻准备着迎接你的邀约，时而轻松自在，时而厚重抚慰，人在水中，水在人里，完全交融。如果你想张嘴歌唱，它们会立刻冲到你的嘴里，让你知道它们的秘密，那滋味真的很像白酒。

第二天早上，她醒来之后说：我想回家。

已经起床的布若妮有些吃惊，回家？

是的，如果他们允许的话。我对此有些担心。我无时无刻不在想着我的父母和兄弟姐妹……难道你不担心自己的妻子吗，杰拉德？我们俩待在这里，而不是和他们待在一起，这岂不是太愚蠢了？

不，布若妮说，不是这样的。这并不愚蠢，这非常重要。

你确定？

我确定。

那我们还继续行军？

是的。

那今晚我们找个酒吧去跳舞吧。

可以，如果我们运气好的话。

行。埃塔叹了口气。她还在地上坐着，没有起床。

来。布若妮一边说一边伸出双手把她拉起来。

我真的很想他们。埃塔说。

我知道。布若妮安慰道。

奥托拿出食谱卡片，一张一张地浏览。他要找出还有哪些是自己可以做但还未尝试过的，当然一定要保证自己手里有相应的原材料。就在这时，他发现了一张卡片，是他刚从部队回家时埃塔写下的。六十年过去了，墨水已经褪色，只剩下淡淡的蓝色。

给奥托晚上使用

卡片上写着几行圆形的字：

必需品：二十朵亚麻花；一个臼一个杵。

操作说明：把蓝色的花朵捣成糨糊，在他睡觉前涂到上下眼睑上，要涂厚厚的一层。这样就容易入睡，而且不会做噩梦。到第二天早晨，糨糊会变干，呈粉末状，这样就能轻松地拂去，就像头发和灰尘一样。

奥托把这张卡片拿出来单独放好，然后朝门外走去。他穿过一群群动物，走到拉塞尔家的院子里。他想找找还有没有残留的亚麻花。最后，他找到了四朵，小心翼翼地把它们收到随身带着的咖啡杯里。

回到厨房后，他轻轻地把花瓣从茎杆上摘下放进臼里。随着杵的一上一下，花瓣的颜色变得明亮而丰富。这个颜色很适合甲虫，他想。于是，他计划接下来就做甲虫。把这东西涂到眼皮上真的很尴尬，但更尴尬的是他还要闭着眼睛，顶着厚厚的糨糊摸索着走出厨房，穿过大厅，回到卧室。不过当他走进卧室，平躺在床上时——这样就不会把枕套染上蓝色，立刻就睡着了。

他睡啊睡啊，从天亮到天黑，一直没有醒。直到天又亮了，他才醒过来。他不经意地用双手抹了抹脸，花瓣粉末立刻落了一圈。

他感觉好极了。这是很久以来第一次没有感觉到任何不适。于是他欢快地去煮咖啡，做早餐。接下来就要着手设计和制作甲虫了。这一次，他的手没有抖，心脏也不再怦怦直跳。在等待第一层外皮晾干期间，他又出去了。他穿过一群群动物，走到田间，他想多找些花。这次他走得更远，不过只找到两朵完整的花和一朵已经掉了一半花瓣的花朵。他把它们收到咖啡杯里，又往杯里放了一点儿水，这样可以让花朵直到晚上都保持新鲜。

然后再做糨糊。

再然后是睡觉。

第二天，他来到拉塞尔家杂草丛生的田里，沿着田地一路向前走，可是根本找不到花，一朵也没有。炙热的太阳在头顶烘烤，他被晒得血脉贲张。

那天晚上，他的心脏又开始猛烈跳动，肺也如同痉挛一般。他像短跑运动员一样大口喘着粗气，紧盯着天花板上闪烁的亮点，直到把它们数清楚。他从床上爬起来，穿着睡袍走到厨房里，先把大碗洗干净，然后开始搅拌面粉和水。他的手还在颤抖，不过比刚开始搅拌时好了一些。等到造型制作阶段,他可以喝点儿咖啡或吃点儿布洛芬或喝点儿黑麦,好让双手平静下来。

太阳升起几个小时之后,他发动了卡车,他要去商店里买些东西。当他赶到时,商店才刚刚开门,门口摆着刚拿出的一桶桶特价花。

他慢慢地从卡车旁走到店里,很是小心,生怕剧烈的咳嗽让自己失去平衡,摔倒在花桶里。

来买面粉吗?

不是的,谢丽尔。

买颜料?

不是,今天不要,韦斯利。

谢丽尔离门口最近,她正在解开捆着康乃馨的粉色和黄色带子。这边走。她放下手里的花,帮奥托把门拉开。

谢谢你。奥托说。

我马上就过去,韦斯利在后面喊道,他正在修剪包着玻璃纸的玫瑰茎杆。

两分钟后,他处理好玫瑰,看到奥托站在布告栏旁边。我想把这个张贴一下,谢谢了。奥托递给他一张手写的告示,内容是:

  寻找亚麻花。

  如果你家地里或野外有亚麻花,请和奥托·沃格尔联系。急!

当然可以,韦斯利说,要张贴多久?

奥托想了想,头脑里不停地计算:现在埃塔在哪里?魁北克?两个星期,他说,也许会更久一点儿。

这时,商店的门铃响了,奥托和韦斯利不约而同地回头看了看,是谢丽尔,她手里拿着修枝剪刀和满满一桶叶柄。她朝布告瞥了一眼,问道:奥托,你有睡眠问题吗?

没有。奥托说。

我们这里有胶囊。

胶囊对心脏不好,奥托说,我没事。

那就行。

那我就把它张贴两个星期,韦斯利说,就贴在这里,正中间的位置。

还有,给你,拿上这个。谢丽尔递给奥托一支黄色的康乃馨,花柄很短,和其他的花枝明显差了一截。

回到家后,奥托把康乃馨插到咖啡杯里,因为所有的花瓶对它来说都太长了。燕麦还在睡觉,他走过去抚摸了几下她的脑袋,又把旁边的报纸更换成干净的。最后他走到浣熊前,检查最后一层纸皮有没有干透。完全干了,所有的地方都干透了。他小心翼翼地把它搬到院子里摆放好。他的眼睛有点疼,灼痛灼痛的。看来他要到厨房或卧室里找个阴凉的地方好好睡上一觉。

好漂亮的浣熊。那个灰褐色头发的女人又来了，这次所有的头发都向后梳着。她走到独角鲸和鳟鱼中间。水下世界，奥托心里想着，虽然不是真的。

谢谢你的夸奖，奥托说，我觉得应该把它放在那个边上，就是那里。他一边说一边看着鳟鱼。

可以理解。女人赞同他的看法。

但是我并不想卖掉它们，奥托说，无论是它还是其他的。

这有些不合常理，女人说，不过我能理解。

未来的两周内应该不会下雨，那是非常——奥托好不容易止住了咳嗽——非季节性的。

我知道，女人说，不过并不排除下雨的可能性。当然这并不是我来这里的原因。她伸出一只手放到独角鲸旁，看起来像是在爱抚它，不过并没有真的触碰到，而是隔了少许距离。我之所以来这里是因为，我觉得你可能想谈谈万一遇到不幸的意外事件，你该如何处理这些作品。

奥托点了点头，等着她继续说下去。

女人站在那里，目不转睛地盯着他，她也在等待。

奥托又点了点头，依然没有说话。

我的意思是，女人说，我指的是万一你去世的话，奥托。我来这里是想问你可不可以考虑把它们赠送给我们美术馆。

哦，奥托这才明白过来。

他思考着，左手不停地颤抖。他把两只手背到身后。过了一会儿，他说：关键问题是，它们大多数都是我要送给别人的礼物。

礼物？

是的，礼物。送给埃塔和拉塞尔的。所以我不知道再把它们赠送给别人是否合适。

好吧，女人还不死心，肯定还有——

还有，奥托继续说着，问题二是，坦白地说，我看不出什么人会对它们感兴趣，我指的是那些逛美术馆的人。我的意思是，当然，除了你以外。

你真这么想？女人问道。

真的。

天啊！奥托！女人惊讶坏了。你看，她转过身指着门前的道路，长长的汽车、卡车队伍像游行一般从门口缓缓经过，还有不少望远镜从车窗里伸出来。奥托盯着数了数，刚数到十五时，他的眼睛就一片模糊。他把手从背后拿出来，对着外面挥了挥。一辆蓝色旅行车后面的车窗里也伸出一只手，对着奥托挥了挥。

哦……奥托问，真的啊？

千真万确，女人笃定地说。

呃，奥托说，那我考虑考虑吧。

谢谢你。女人说。离开之前，她又给了奥托一张名片。

我已经有一张了。奥托说。

没关系,现在你就有两张了。

女人离开之后,奥托坐到浣熊旁边的草地上,静静地看着门口一辆辆缓缓行进的车子。除了时而咳嗽几声之外,他就坐在那里动也不动,像尊雕塑一般。他的手依然背在身后。

* * *

新兵是在令人昏昏欲睡的周六下午到达的。当时,大部分老兵正在借来的床、沙发或草地上打盹儿,还有的人在给流浪的小狗喂食。奥托正在写信,杰拉德则一如既往地站在教堂房顶放哨,虽然当时并不是他当班。他远远地看到一辆卡车开来,一路扬起的沙石和飞鸟漫天飞舞,他知道是他们来了。紧接着,奥托听到了他的叫喊声,卡车来了!

于是,奥托写下了下面的内容:埃塔,他们来了!终于来了,比预想的要快!

大家从房间里蜂拥而出,兴奋地涌到这座曾经的城镇的街道上呼喊着,你一拳我一脚地打闹追逐着冲向卡车。军官命令他们站成一排,但四周的喧闹声淹没了他的声音,不过他毫不介意,因为这确实值得高兴。

奥托被挤到第二辆卡车旁。老兵们聚集在车旁,又跳又叫,还不停地用双手拍打着温暖的车框。车里的新兵们则挺直了背、端正地坐着,两眼平视前方。这时,坐在前一辆车前排座位的军官吹响了口哨,车门一下子打开了。新兵们立刻跳下车,所有人都混在一起,相互做自我介绍。

我叫拉尔夫·麦克尼尔,一个留着橙色短发的男孩说,来自拉布拉多。他无比激动地握了握奥托的手。很高兴最后能来到这里,真的真的很高兴。

我是劳伦·英格索尔,来自福林弗朗。另一个男孩从麦克尼尔身后伸出一只手握住了奥托的另一只手。希望你们这儿有比船上更好的食物。

介绍完毕之后,拉尔夫和劳伦走到另一队里面。而奥托面前又来了两个新兵,一个个子高高、面色苍白,另一个一头黑色卷发。嗨,站在前面的男孩说,我叫艾德里安,来自——

欧文。奥托吃惊地喊道。

不,是艾德里安——

哦,天啊,是欧文。奥托继续说道。

不,不好意思,是——

你好,奥托。欧文开了口。

哦,艾德里安这才明白过来,你们两个之前认识?

是的。奥托说。

没错。欧文说。

这时,旁边的人群如潮水般地向前涌动,突然有人撞到了奥托的肩膀,他转过身,人们还在继续向前。他又回过身面向艾德里安和欧文,他们俩也走远了。他面前是又一对陌生的面孔。他们的身体都绷得紧紧的,似乎对未来可能发生的一切感到既紧张又兴奋。

越过他们的头顶,奥托隐约看到了欧文,他们之间大概隔了二三十人。不过，欧文的个头不高，再加上人群移动的速度又特别快，所以他并不十分确定。

那天晚上，奥托在已经变成餐厅的市政厅门口等着欧文。每个人都会来这里吃晚餐。欧文和艾德里安几乎是最后才赶到的。奥托想，看来他们还不知道这里的一切都是有限额的。他伸出胳膊，越过艾德里安，一把将欧文拉过来，然后走到拐角的临时衣帽间。

这里的食物是不是好一些？欧文问道。

你来这儿干什么？奥托不理会他的问题。

是你把我拽进来的……

不，不是这儿，是这里。你来这里干什么？

和你一样啊。

不，你和我不一样。

不一样？

你还小，欧文，你太小了。

他们没问年龄。他们才不管这些呢。

可是我要管，你自己更要管。

好吧。谢谢你这样说。不过，奥托，你错了。

我错了？

奥托，除了时间，还有很多事情可以让人成熟长大。很多很多。我算是自己认识的最老的人之一了。有时候我甚至觉得自己比任何人都老。虽然这并不一定是件好事。但这是实情。

说这话时，欧文的语气平和而沉稳。

不过还是谢谢你的关心，他接着说，对我来说这很重要，非常重要。

更衣室里非常昏暗，几乎没有光透进来，四周只有餐厅里的碗碟声和吵闹声。奥托感到有只手搭在了自己的腰背上，这时他才意识到身上的衬衫已经被汗湿透了。

我只是不希望你受伤。奥托说。

人在哪里都可能会受伤，说着欧文把身子向前靠了一点儿，一点点而已。我很想念你，奥托，真的很想念你。

好吧，好吧。说完，奥托长吸一口气，向后退了一步，转过身慢慢地吐出来。我也想你。奥托，这是肯定的。走吧，我们去看看还有没有什么可以吃。

好。欧文垂下双手跟着奥托向外走去。

……现在我和杰拉德又要跟别人分享一个房间了。我们这里来了☐个新兵，他们的铺盖被安排到我和杰拉德中间。他们看起来都很不错。一个叫帕特利斯，他不怎么会说英语，因此和杰拉德相处得很好。另一个是来自西岸的艾德里安，他的脾气非常和善，人很活泼。他告诉我们，有些新兵一路上真的是既兴奋又紧张，兴奋是为了抑制恐惧，当然兴奋也能让自己变得真正兴奋起来。

当然，他们的到来也让我们很兴奋。我也是。这个时候有其他事情来分心是不错的，重要的是他们带来了新的希望。

我脑子里经常会冒出一些非常可怕的念头，我知道那都不是真的，都很荒谬。我总是会想这些男孩替代了那些已经牺牲的士兵的位置，可是不久之后他们也会被子弹射穿，或者被刀刺伤，或倒在血泊中，或被炸成碎片，就像曾经的那些人一样。然后又会有新的人来替代他们，继续走向死亡。一波又一波的新兵，一轮又一轮的死亡。而我们这些人只能在一旁默默地看着，知道或者不知道该说什么，该做什么。我们该不该提醒他们，抑或任由他们好好享受这最后的人生。我不知道这对谁更残忍，是他们还是我们？

我知道这不是真的，可是身处遥远的地方，我有时候会觉得这并不意味着什么。

照顾好你自己。如果你看到拉塞尔、哈丽特、乔希、艾利、班吉、爸爸和妈妈，也帮我照顾好他们。

远方的奥托。

埃塔和拉塞尔打算每天晚上都去跳舞。他们四处打听，还做了一份表格，上面罗列出附近村庄和镇上举行的全部社交舞会。他们要么骑着拉塞尔家的马匹，要么开着埃塔爸爸的汽车。虽然腿脚不便，但拉塞尔舞跳得还算不错，只是比其他人慢了半拍。不过埃塔毫不介意，因为这样她可以多旋转几圈。他们逐渐认识了这里的每一个乐师，每次出入时总会相互举帽示意。他们中，大部分都是老人和农场里的姑娘。每个人都疲惫不堪，脸上挂着浓重的黑眼圈，手上长着厚厚一层老茧，这都拜繁重的农活或工厂作业所赐。不过到了晚上，他们会换上漂亮的鞋子，穿上熨烫平整的礼服来到这里，大家不停地玩啊，跳啊，跳啊，玩啊。

17. 伤痕

她们刚刚踏入了新不伦瑞克省境内。随着风中盐分的增多,空气变得越来越厚重。她们也慢慢地感觉到了这种变化。这时,布若妮开了口。

我有一个哥哥。

然后就没有再说下去了。一路上,两个人都很安静。只能听到双腿从茂盛的野草中穿过时发出的"沙沙"声,然后皮肤上就留下了一道道露珠沾染的痕迹。

太好了,埃塔说,这就是故事。

不,布若妮说,他只是个人,不是故事。

好吧,总是有些可说的,埃塔追问道,他的其他情况呢?

……他喜欢星星。我敢说他现在肯定还很喜欢,天文之类的。

他是天文学家?

不,只是和他们很像。

好吧。从前有个姑娘,她有个哥哥,哥哥非常喜欢星星。这难道不是个故事吗?

可能吧。不过不是那种很动听的故事。我的也不是。

好吧,那你喜欢什么?

我想应该是大海。

即便你从未到过那里?

他也从未去过星星那里,但这并不妨碍他从小就喜欢它们。小时候他就希望能当一名宇航员,飞到星星上。

那你呢,你想当什么?

我想成为他。

不想当记者?

那是后来的事情。

那他现在在哪里?

圣约翰的女王陛下监狱,就坐落在海边。

马上就要到斯卡特区了。埃塔已经看到了前方迎接的人群,他们高举着横幅和标牌,大声喊道:埃塔!埃塔!加油!加油!加油!

哦,他们喊的是我。埃塔才反应过来。

别,布若妮安慰她,别担心……你有兄弟姐妹吗?

有,十四个,埃塔说,八个兄弟,六个姐妹。

人群开始走过来迎接他们。闪光灯齐刷刷地对着她俩,大家欢呼高喊,不停地塞给埃塔和布若妮大袋大袋的礼物,例如,杏干、自家酿造的啤酒、蛋糕，一小捆一小捆的干薰衣草，有些融化的蜡烛和有弯曲手柄的婴儿银勺。没过多久，埃塔和布若妮就把喧闹的人群抛在了后面，继续朝村子另一头走去。两个人依然没怎么说话，只是安静地走啊，走啊。

又过了两晚。大概凌晨两点左右（这是根据天空和她自己的感觉判断出来的时间），布若妮突然醒了过来。她们睡在一片黄桦和白桦树下。她不知道自己为何会突然醒过来，没有便意，不口渴，不冷也不热，也没有任何不舒服。外套好好地盖在身上，周围也没有任何动物或昆虫。可她还是醒了，肯定有什么原因。

埃塔，她转过身朝埃塔的方向轻轻喊了一声，她们之间隔着两棵树。

埃塔睁开眼睛，看了看她，又向旁边看了几眼。哦，她应了一句，接着不停地喊道，哦，哦，哦，哦，哦，帮帮我，快来帮帮我！哦，哦，哦，我的耳朵！我的耳朵！我的耳朵，我的耳朵，我的耳朵，哦，上帝！哦，上帝！哦，上帝！哦，哦，哦！

埃塔，怎么了？

哦，上帝！哦，上帝！哦，上帝！

埃塔，我在这里！我是布若妮，这里，到底——

我着火了！我的头！拜托了！

埃塔，拜托你了，我不知道——

着火了！埃塔翻过身平躺着，她的胳膊和腿抖得厉害，而且胡乱地挥舞着,就像快要被淹死一样。布若妮根本无法靠近。我的耳朵!我的耳朵!我的耳朵!哦,上帝!哦,上帝!哦,上帝!

好,布若妮想到了一个办法,待着别动,不要动。

她打开离自己最近的袋子,把里面的纽扣、纸、笔、戒指、塑料马、小孩的鞋子一股脑儿地全倒在了地上,终于在最底下找到一瓶水。她拧开瓶盖,转向埃塔,她还在不停地喊着,我的耳朵,我的耳朵,我的耳朵。布若妮缓缓地把水倒在埃塔的右耳上,水顺着头发流到身上。好了,好了,好了,她一边倒一边安慰着,直到埃塔呼吸变得均匀,身体不再扭动,也不再大喊大叫,最后只是呆呆地坐在那里,一动不动。

他死了,你知道的。埃塔说。

嘘。布若妮说。

他死了。

听我说,我来给你讲个故事。

我听不到你在说什么。

那我说清楚一点儿。

好,好。

布若妮深吸了一口气,慢慢地讲起了故事:

好。很久以前,在安大略郊区住着一家人。那里住着很多户人家,现在也是。不过这家人非常特别。这就是我要说的故事的主人公。不过,好吧,这非常好。他们家有爸爸、妈妈和一个儿子,两年之后又有了一个女儿。每天晚上睡觉前,妈妈都会带着儿子到院子里看星星,他们家有一架望远镜。妈妈总能把望远镜对准每一颗星星的位置,也不知道她是怎么做到的。然后她让儿子闭上一只眼睛,另一只眼睛对着望远镜,望向星空。它们是那么遥远,儿子只能在数量上了解它们,其他的还不明白。就这样,每天晚上,妈妈指着天空,儿子看着望远镜,而女儿在房间里透过窗户看着他们。

每当这个时候,我都很想走到他们面前,很想知道他到底看到了什么,可是一直都没有机会。直到有一天,大家都在忙别的事情,我趁着没人注意悄悄地走到后院,拉起绿色的塑料草坪椅,爬到上面,把眼睛对准望远镜的目镜。我看到了一大片模糊的蓝色,哦,我当时想,这肯定是大海。

两年后,妈妈去世了。那是一个漫长而痛苦的过程,她的躯体被慢慢地吞噬,这似乎是人的身体经常遭遇的事情。而我们只能在一旁束手无策地看着她,这是我们唯一能做的事情。我们不是医生,再说了,那个时候医生也没有任何办法,他们只能和我们一起坐在病房里,目不转睛地盯着受尽折磨的妈妈。

妈妈去世两个星期后的一个夜晚,我让哥哥教我如何使用望远镜,让他指给我看,可是他不愿意。他的语气很柔和,只是跟我说,不行,布若妮,我做不到。然而深夜时分,我分明看到他自己对着望远镜看向天空。

我的爸爸是个非常善良、慈爱的人，虽然妈妈不在了，但他依然给了我们相对幸福的成长记忆。儿子满脑子都是星座、数字啊，女儿内心则充满了对大海的渴望。

十八岁的时候，哥哥考上了东部的大学，他学的是工程学。我非常非常想念他。当时我还小，还在家里读书。在最初的几个星期里，他的离开对我来说就像饥饿一样难以承受。随着时间的推移，这种思念越来越淡，越来越淡，直到最后我完全适应了一个大人一个孩子的生活。

那年圣诞节，他没有回家。于是我给他寄了一张卡片。人们真的还可以成为宇航员吗？我这样问他。难道那个时代还没有结束？

三个星期后，也就是假日结束的那天，我收到了他的回信。是的，人们依然可以。

一月份，我回到了学校。我和一个比我年长的女孩站在"职业生活管理"栏与"体育"栏之间聊天，她叫贝蒂·罗宾斯，有一头金色卷发。其实她并不算是我的朋友。我跟她说这个圣诞节还算不错，不过因为哥哥没回来，所以不是很开心。

他当然不会回来了，她说，他们不会让他出来的。

他们当然会让他回来的。鲁宾的姐姐就从艾伯塔大学回家来了。

他们绝对不会的。布若妮，因为你哥哥没有在上大学，他在监狱里。

不，他在读大学。

监狱里。

大学里。

监狱里。

一个星期之后，女孩问了自己的爸爸。爸爸说，对不起，布若妮，对不起……接着他说，那里也要上课。他就在那里学工程学。对不起，对不起，对不起，对不起，我应该，应该——

女孩打断了爸爸的话，不，没事的，没关系，没关系。

这是他们关于此事的唯一一次谈话。她没问原因，也没问多久。

于是，我等啊等啊等啊等啊，等到父亲都去世了，还是没有哥哥的任何消息。后来我也长大成人，还有了一份工作。再后来就遇见了你，你向着东方，向着大海走去。你说你有一个姐姐，还说我也可以和你一起走。可当时我说不行，虽然我的哥哥也在远方，遥远的远方。可我就是觉得不可以。直到不久前的一天晚上，我抬头看着天空，看着那些到现在都不知道名字的星星，突然意识到，我可以，我当然可以去，准确地说，我必须去，我要去。这并非什么大事，只是一件很小很小的事情。所以我来了这里，埃塔，所以今天我们到了这里。

埃塔睡着了。布若妮帮她把掉落在地的外套拿起来盖好，然后躺在了她旁边。她透过树叶的缝隙，慢慢数着天上的星星，数啊数啊，直到最后自己也睡着了。

第二天早上当她醒来时,太阳已经高高地挂在了天上。埃塔已经起来了,正坐在一棵倒在地上的树干上,捂着脸低声啜泣。

你好,布若妮说,早上好。

埃塔没有抬头,还在不停地抽泣着。

是因为耳朵吗?布若妮问道,还是很难受吗?

都是我的错,埃塔的双手依然没有挪开,她哽咽着说,他是为了追随我。

谁?

欧文,埃塔说。她耳朵旁边的皮肤已经红一块白一块的,她还在不停地抓挠着。

你确定吗,埃塔?布若妮问道。你确定他是为了追随你?

我确定。埃塔说。由于哭得太过用力,她的身子微微发颤。在阳光的照射下,她全身的皮肤呈现出透明的棕蓝色,这让她第一次看上去真的是老了。

绝对没错?布若妮还是不相信。

绝对没错。

好吧,布若妮说,不过我们还是要吃点儿东西。说完,她打开随身的一个袋子,从里面掏出一袋饼干和几颗杏子。给你,她一个一个地递给埃塔,一块饼干,一颗杏子,一块饼干,一颗杏子,给你,给你,给你。接着,她又拿出第二瓶水,这是昨晚没有喝完的。她拧开盖子把水也递给了埃塔。给你。埃塔接过去咕噜咕噜地喝完了。

好了,布若妮说,我们要出发了。

就我们俩,没有别人?埃塔问道。

是的,没有别人。

这一次她们顺着原路向西返回,布若妮走在前,埃塔跟在后面。在日落前几个小时,她们赶到了大瀑布城医院与疗养中心。

布若妮把埃塔安置到大厅的椅子上坐下来,然后走到前台。

你好,负责接待的护士向她问好。护士是个块头很大的男人,大概有七英尺高,黑皮肤黑头发。有什么需要帮忙的吗?

她不认识自己了。布若妮说。

护士点了点头,接着问道。你是她的近亲属吗?

不,布若妮说,不好意思,我不是。

护士拿出一份表格,慢慢地用手顺着桌子推到她面前。真是贴心。

真的很抱歉。布若妮说,真的,真的。

我理解。护士说。

那些都是她的东西,布若妮继续说道,就在她身边。她边说边指着埃塔脚边的一堆东西,那个破旧的包、外套,还有——

枪?护士很惊讶。

没有子弹,布若妮解释说,枪管都锈透了,就是个玩具。

好的,护士说,那就没关系。这些都可以放在她身边。

填好表格后,他们领着埃塔走进大厅,那里有很多间一模一样的房子。他们走进了最中间的那间房。埃塔坐在床边,布若妮紧挨着她坐着。护士则站在门口。我要去圣约翰,埃塔,布若妮说。

去监狱,埃塔说。

没错,布若妮说。

好的,埃塔说。

等一切结束之后我就回来看你,然后再回家。布若妮说。她看了看埃塔,又转过头望了一眼护士,两个人不约而同地点了点头。

希望你哥哥能有好运,埃塔说,我相信他肯定很抱歉,肯定的。

谢谢你。布若妮说。

再见。

再见。

布若妮离开后,护士带着埃塔沿着大厅走到一扇绿色的门前,这扇门比其他门颜色略深一些。这是浴室和卫生间,护士介绍说,你去洗个澡吧。你可以自己脱衣服吗?自己洗行不行?

我可以的。埃塔说。

水龙头都很安全,护士接着说。你不会被烫伤的,毛巾在水池旁边的橱柜里。

我可以的。埃塔说。

好，好，我知道，只是确认一下。我在这里等你出来。然后再把你送回房间里。

我觉得我可以——

当然，我知道。我只是喜欢陪着你。

当埃塔推开浴室门时，突然想起了什么，她回过身问护士，你知不知道杰拉德是否也在这里？他还好吗？

他很好，已经回家了。

你确定吗？是那个口音很重的男孩吗？穿一条破旧的裤子？

我确定。

那就好。对他好一点儿。他看起来不好相处，实际上他很害怕，他真的只是很害怕。

好的。我会的。我们都会的。现在，我在这里等你。就在这里等着。

好，就在这里。

那天晚上，埃塔睡得很沉。躺到床上的一瞬间，她的双腿、双脚和臀部似乎一下子都垮下来了。她睡啊睡啊，连半夜护士来检查都不知道。第二天早上，又换了一个护士过来，她叫希拉，有五个已经成年的女儿。她端来一壶茶、几个鸡蛋、吐司和一杯果汁，放在了床边的桌子上。到了下午，希拉又来看了看，这次她又端来了一壶茶。晚上也是如此。奥托醒来时，天已经完全黑了。他在被窝里伸伸腿，动了动脚趾头。房间一片昏暗，只有门缝和窗帘缝透进来几缕苍白的微光。他环顾了一下四周，等待眼睛慢慢适应这种黑暗。然后从床上起身，又伸了伸腿，动动脚趾头，这次感觉到了一股力量，真不错。他拉开门，穿过大厅，找到了卫生间。隔了三间房，深绿色的门。走廊里灯火通明，一个人都没有。四下一片寂静。

站在明亮的浴室隔间里，奥托低下头打量了一下自己：一件半布半纸的长袍，和房门一样的浅绿色，这种绿色也让他想起了部队里的卡车。看来他们知道我是谁。奥托想。他的耳朵上缠着绷带，他轻轻地碰了碰，还是很疼。他用手理了理头发，带下来几根像雪一样的白发。

走到马桶旁边时，他才发现自己竟然穿了一个纸尿裤。他把纸尿裤脱掉，丢到水箱旁的垃圾桶里，然后把膀胱排空，冲水，洗手，走回房间。

回到房间里，奥托已经睡意全无，他坐在床上，完全感觉不到疲惫。他专注地听着房间里的各种声响：睡袍随着胸部一起一伏发出的沙沙声，闹钟的嘀嗒声，外面的风声，时而呼啸，时而平静，仿佛在吟唱着歌曲。只是对于风来说，它太长也太密集，太过坚固。奥托走到窗边，把窗户开到最大，其实也只有三英寸的缝隙。他侧耳倾听，熟悉的风声勾起了他的乡愁。他顺着绷带小心翼翼地摸索着，终于找到了头儿，然后慢慢地一圈一圈拆开，直到耳边再次感受到风的吹拂。终于能听清了，比之前要清楚两倍。开始的时候很低沉，然后慢慢变大，变大。接着又低沉下来。是狼的嚎叫声，奥托对着空旷的房间、闹钟和大风说。就像在家里一样。他把一把扶手椅拉到窗边，对着外面坐下，静静地听着。

午夜时分，起初的那个护士轻轻敲了敲门，然后推开一条门缝。例行检查，他低声说。他向房内看了看，这才注意到床上没人，埃塔，你起来了？

是的，不过我很好，奥托说。

你搬椅子了。

是的，它不重。

好。下次叫我吧，让我来帮你。

好的。奥托说。护士轻轻关上门，房间里又只剩下他一个人了。

奥托静静地坐在浣熊和鳟鱼旁边,看着院子外的车来车往。也不知道过了多久,一辆车驶离了那条缓慢行进的车队,沿着小路朝着奥托家车道上开来。这是那个有天竺鼠的女孩家的车子,奥托认识它,深绿色的车身,又大又实用。它一直开到奥托坐的地方,小心地避开旁边的雕塑。后门先打开了,女孩兴奋地从车上跳下来。你好,沃格尔先生!她打了声招呼后,就一蹦一跳地跑到浣熊面前,从脑袋一直摸到尾巴。接着又走到狼旁边,小心翼翼地摸了摸两耳之间,然后是松鸡。看来她要把所有的动物都摸个遍。当她的爸爸妈妈从车里下来时,她已经来到了地鼠面前。

下午好,奥托,女孩的爸爸打了声招呼。

下午好,奥托回应道。

下午好,奥托,女孩的妈妈也问候了一句。

下午好,奥托回应道。

你和天竺鼠相处得还好吧?

很好。大部分时候她都在睡觉和舔东西。

是的,爸爸说。

我也有同感,妈妈说。

看起来好像是拉塞尔回来了,是不是?爸爸问道。

不是,奥托说,他还没回来。他去北边了。

我知道了,爸爸说。

对了,妈妈说,我给你带了些东西。她朝车子后面的座位走去。

它们已经枯萎了，不过我想你应该还是会想要的。她边说边拿出一个咖啡罐，里面插了三支已经打蔫的亚麻花，而且只剩下一半的花瓣。我看到你的告示了，她说。女孩还在他们身后不停地跑来跑去，一会儿跑到金雕旁，一会儿又冲到狐狸和红松鼠前。

哦，奥托说，是的，是的，谢谢你。

不是很多，但已经是我们能在地里找到的全部了。

她整整找了一个下午。爸爸补充道。

很不好意思就这么点儿了。妈妈说。

不，不，已经很好了，奥托说，谢谢你，真的。他眼睛紧盯着花朵，心里暗暗数着共有多少花瓣。它们在风中无力地摇曳着。一定要坚持住，奥托默默念着。再多坚持一会儿，拜托了。好了，他大声说道，我本想请你们进来喝杯咖啡，不过——

不用了，不用了，爸爸说，谢谢你，恐怕我们要赶紧走了，还要去镇上上游泳课。他转过身朝女儿走去，她正在蚱蜢中间穿来穿去。卡西亚！他大声喊道，游泳！可她完全不理会爸爸的喊声，继续走几步，蹦起来摸一摸，再走几步，蹦起来摸一摸。爸爸无奈地耸耸肩，只得走过去把她抓回来。

他刚一转身，妈妈就端着咖啡罐朝奥托靠近了一步，问道：奥托，你还好吗？

睡眠不太好，奥托实话实说，我已经老了。

如果你愿意的话，我可以帮你做一些花糊，然后在晚饭后送过来。

不用，奥托说，我喜欢做那个，没问题的，我很好。

奥托，自从我们到这里你就没动过，完全没动。

没有吗？

是的，告诉我，你能站起来吗？

现在？

是的，现在。

奥托犹豫了一会儿。不行，奥托说，我站不起来，至少现在站不起来。

好的，妈妈说，我来帮你吧。我们做得自然一些，就像很普通地在走路和聊天。

不，没关系的，奥托说，你真的不用……

不，我可以的。妈妈坚持着。

虽然个头不高，但她的力气着实不小。她的双臂、大腿和腰都非常结实。都靠游泳，她解释道。她用一只胳膊搂住奥托的背部，手扶在他的腋窝下，然后把他整个身子撑到自己身上，用力一提。他立刻站了起来，又快又简单。正如她所期待的那样，仿佛一个空罐子灌满了水。

你能走吗？她继续问道。

我不知道。奥托说。

好，那我们试一下。她的右腿向前迈了一步，奥托跟着她迈了一步，右腿，好，可以。然后是左腿，好，可以。再迈右腿，好，左腿。

我只是太累了。奥托说。

左腿，妈妈继续说，右腿。

他们刚走到门口，已经逛了一圈的卡西亚朝他们跑来。

你们要去哪里？女孩问道。

去看奥托家的天竺鼠，妈妈说，他要拿给我看看。

太好了！卡西亚欢呼着，我爱天竺鼠！

爸爸走在卡西亚的后面，他看到了妻子递过来的眼神，说：我要在车里等着你们吗？

不，不用。没关系的，真的，奥托赶紧说，大家都可以来看她。

你有孩子吗？有什么玩具吗？卡西亚继续问道。

没有，奥托说，不好意思，我只有这只天竺鼠。

好吧，好伤心，不过我想目前应该还好。卡西亚说。

他们来到燕麦住的橙色箱子前，她还在呼呼大睡。它们就是喜欢睡觉，卡西亚说，我的也是。别担心。她把手伸到箱子里，摸了摸纸做的天竺鼠。我喜欢这个。她说。

离开之前，妈妈把插着花朵的咖啡罐放到流理台上，就在奥托身后。她再次低声问道：你能自己把腿抬起来吗？

能。奥托也低声回答。

你做给我看看。

他把左腿抬了起来,大概有三四英寸高。

好,妈妈继续低声问,还好吗?

可以,奥托说,没问题。

他们离开之后,奥托拿出了纸和笔,他依然站着,以防坐下去就无法起来。他提笔写道:

亲爱的埃塔:

我们有过开心的日子,也经历过糟糕的日子。你曾经跟我说,无论什么时候,只要记得呼吸就好。只要还有一口气,你就可以做有益的事情。你是这样说的。吐出陈旧,吸纳新鲜。这样你就可以前进,然后取得进步。要想前进和取得进步,你唯一能做的只有呼吸。因此,埃塔,不用担心,即使什么都没有了,我还可以呼吸。

你应该快到目的地了,应该很接近了。我希望你能梦想成真,看到期望看到的一切。

我写信只是想告诉你:我在这里,一切都很好。我在这里,依然能呼吸,我在等你。

奥托。

接着,他把亚麻花做成糨糊涂到眼皮上,闭上眼睛睡着了。

拉塞尔站在一块又圆又平坦的大石头上。这算是方圆几英里之内最高的地方了，上面长满了五颜六色的苔藓：橙色、绿色、灰色……他身旁站着一个身材矮小的老妇人，眼角爬满了浓密的皱纹。她穿着一件皮草外套，和一头白发相得益彰。她将一只手搭在拉塞尔的肩膀上，嚷嚷道：今天他们的首领应该从那里过来。风声很大，拉塞尔根本没听清她到底在说什么。我敢打赌，六个小时内肯定会出现。两个人小心翼翼地在石头上坐下，唯恐把苔藓蹭掉。你没有老婆？她大声问道。

没有。拉塞尔也大声回答她。

估计你跟我一样，一个人过更开心。她说。

是的，拉塞尔说，是的，可能。

＊＊＊

他们和新兵在村子里待了将近一个星期。然后不知道因为什么，周日凌晨四点左右，外面还雾蒙蒙冷飕飕的，突然有人把奥托、欧文和其他人叫醒。大家匆忙地起身穿衣，小便，打包行李，然后开始向西进军。

欧文在队伍里找到了奥托，他悄悄问道：你知道我们要去哪里吗？

他们不允许这样乱跑，你会挨板子的，或者被撵到后面。奥托旁边的杰拉德提醒道。

没关系，我知道。那你知道吗？我们要去哪里？为什么？

我不知道，欧文。

我也不知道。杰拉德说。

这种情况经常发生吗？本来一切很正常，然后突然没有任何提醒就立刻起身出发？

有时候是这样的。

听到了吧，杰拉德说，这样算不错的了。这总好过在对方把我们的巡逻员和卫兵干掉后不得不离开。或者被他们冲到我们睡觉的地方，切开我们的喉咙。所以，今天早上算好的了。

哦，欧文说，那个……

还有，这确实算好的。这也好过我们自己作为潜入者，偷偷摸摸地站在窗边,看着两个陌生人在房间里呼呼大睡,喉结随着呼吸上下移动。你知道它们最多再上下动个六次、七次,然后你就会用刀子终结这一切。他们根本来不及呼救,最多只能睁眼看你一下,然后就会感到心脏骤然膨胀,再然后,就死掉了——

上帝啊,杰拉德,奥托说着转向欧文,我们不是,没有那么——

没关系的。欧文说。

还有,奥托说,即使我们这样做……他没有继续说下去,叹了口气。

听我说,杰拉德说,这就像下国际象棋一样。有时候是我们被移动,不管是进攻还是防守,有时候很多年都不会动一下,有时候却不得不退回到原来的地方。在我们看来一切似乎都是随意的,但是对于能看到整个棋盘的人来说,每一步都是有意义的,每一步都是策略或谋划的一部分。小家伙,你必须清楚这一点,不管你是王后还是小兵。

欧文朝奥托看了一眼,说,王后和……

我不懂国际象棋。奥托说。

接下来,大家继续闷头向前行军,欧文还待在他们旁边。

没走多远,就有人察觉到了欧文不在他自己的位置上,然后他就被赶到了队伍最后。

不会很久的,奥托说,我相信很快就会到了。

欧文离开之后，杰拉德问道：快到哪儿了？你知道我们要去哪里吗？

不知道，奥托说，但肯定就要到某个地方了。

他很有趣，你知道的，杰拉德说，我很愿意和他待一起。

我知道，奥托说，别担心，我知道的。

直到天黑他们都没有停下脚步。在黑暗中又走了几个小时之后，终于收到了停止前进、就地扎营的命令。他们在隐蔽处燃起了一个小小的火堆，除非是从上面朝下看，否则根本看不到任何火的迹象。接着，饭热好了，一盆接一盆地分发出去。每个人都累得快要瘫到地上了，可没人想睡觉。大家围着火堆一圈圈地挤在一起，三两成群地低声说着无关紧要的事情。要知道，他们在一起的时间已经足够长，现在能聊的只剩下那些无关紧要的事情。晚饭后，两个小伙子在争辩着，还有几个人在比赛讲故事，这时，欧文唱起了歌：

尽管四月的雨会追随在路上
但它们会带来五月盛开的鲜花。

声音虽然不高，但嘹亮而有力，就像过去在埃塔的教室里一样。他一边唱一边看着奥托，奥托立刻停止了聊天。

所以，如果下雨的话，请不要有遗憾，
因为你知道，它不是在下雨，
而是送来紫罗兰的芬芳。

最后，大家都不再说话，静静地听着他的歌声。渐渐地，有人跟着一起唱起来，还有人哼着对不上调子的旋律。不过，更多的人还是在安静地听着、看着，仿佛在欣赏一部电影。

如果山顶有朵朵云彩，
那么不久之后就会有成片的水仙花。

所以，请继续寻找蓝色的鸟儿，
倾听它的歌唱，
四月的小雨就会伴着它出场。

所以，只要你继续寻找蓝色的鸟儿，
倾听它的歌唱，
四月的小雨就会伴着它出场。

到了第二天早上整理打包的时候，昨天的歌声依旧在奥托耳边回荡。行军的路上，到处都是干涸炎热的土地。无论是穿过高高的野草地，还是低矮的兰花丛，那歌声从未消失过。紧接着又到了晚上休息的时间，没有火堆，也没有说话声。大家默默地吃完晚饭，睡觉。这一次萦绕在奥托耳边的除了歌声还有阵阵海浪声，那是从他们背靠的断崖的那一边传来的。他们就睡在大海后面。阵阵海浪声像摇篮曲一般把奥托送入了梦乡。

天还没亮似乎就到了早晨。眼前晃过一阵亮光，不是太阳光。紧接着是一阵急促的喧闹声。没过多久，一只手伸到奥托睡的帐篷内，一把扯过帆布，整个帐篷瞬间坍塌，眼看着就要砸到奥托身上。奥托一个翻滚，立刻弹坐起来，推开一旁的帐篷，冲到亮光与喧嚣中。他一边跑一边穿上靴子，终于赶上了大部队。大家已经走上了断崖，正朝着脚下的大海走去。海岸边已经挤满了人群，无数的士兵与无边的大海融合在一起，分不清彼此。每个人都在兴奋地呼叫呐喊，奥托也是。海水淹没了他的脚踝，然后是膝盖、屁股。进来！进来！进来！让他们上岸！有人喊了一声。进来！其余人都异口同声地反对。上岸！一瞬间，轮船、男孩子，还有男人们全泡在水里，大口地吐着海水。大海从未有过如此的喧闹和五彩缤纷。不过天越来越黑，大家在朝更深处走去。海水比他想象中更温暖更有节奏。他一边感受着大海，一边聆听着依然回荡在头脑中的歌曲。海水仍然漆黑一片，太阳还没有升起。不绝于耳的呐喊声，一个个光溜溜的身体，沙滩上一堆堆的军装。其中有一半是奥托所熟悉的，是和他一起受教导的战友。还有一半他也应该认识，但认识的原因完全相反。于是，枪声、尖叫声此起彼伏，突然，水里传来了爆炸声，在水里怎么还会爆炸呢？紧接着他右边的耳朵听到一阵刺耳的金属噪声，然后腹部像是中了一拳，但比拳头更大，更有力，原来是一个人被甩到了他的身上，头朝下栽进了水里。他一只手捂着耳朵，借着微弱的光亮眯着眼睛仔细看了看周围，然后用另一只手把那个士兵翻转过来。那个人的两颊已经肿胀，不停地咳出水来，是欧文，是家乡的欧文。他是那么瘦小，还在不停地咳嗽，海水顺着张开的嘴巴慢慢流进他的肚子里。他的胸部可能在流血，也可能是胸部以下的要害部位。奥托放下捂着耳朵的手，用力抬起欧文的身体，努力地把他拉到岸上，离开这安静而黑暗的地方。他大声呼叫着，救命啊！求求你们了！求你们了！他的呼救声很快就被淹没了，所有人都在大喊大叫，即使是那些之前坐在一旁观看，没有唱歌的人也加入到呐喊的队伍中。那只没有受伤的耳朵里充斥着各种不同的噪声。漫天漫地只剩下无休无止的喊声。

　　欧文死了，在奥托把他拖到岸边放平之前就死了。奥托想把他安置到一个干净安宁的地方，可是他找不到这样的地方。最后，他只好把他放到沙滩上，旁边是一具具尸体。欧文的眼睛瞪得大大的，奥托知道自己应该把它们合上，可他做不到。他看着那双眼睛，说：都是我的错。

虽然欧文已经死了,可奥托依然听到他在说,不是这样的。

奥托说,是这样的。

欧文说,也许吧。

突然,奥托的耳朵变得煞白,然后是头部,最后顺着脖子向下,整个身体都变成了惨白色。他想低头亲吻一下欧文,但却没这样做,而是向前狂奔。他跑上断崖,又朝之前扎营的地方跑去,然后继续不停歇地奔跑着。

四十分钟,七千两百步之后,他看到了一辆英军卡车,正停在一条空无一人的道路边。他立刻跳进驾驶室,发动车子,和过去驾驶那些拖拉机、打谷机、卡车一样娴熟。他朝着内陆开去,一直开到下一个镇子。他跳下车,找到一间最暗的房子,点了一杯黑麦威士忌,虽然这时太阳才刚刚升起。店员毫不惊讶地把酒递给了他。奥托在这里待了整整一天。直到太阳下山后,吉赛尔走了进来。她用双手搂着他的脖子,他的手则顺着她的大腿向上摸去,没有袜子,只有一条画上去的线,他的手继续向上探索,她笑了,说,走吧?她带着奥托离开酒吧,沿着街道走到拐角,走上楼梯,走进她的房间。奥托将她的衣服一把扯掉,仿佛这样就可以把耳朵里的灼痛撕去。他狠狠地闯入她的身体,仿佛那就是流淌着无尽鲜血的大海。

后来,奥托睡着了。吉赛尔拿出洁净的白色棉布把他那只受伤的耳朵裹了一圈又一圈。

接下来的几个星期,他一直流连于酒吧和吉赛尔家。转眼间又到了周六,他突然意识到自己再也回不到过去了。他和拉塞尔蜷缩在收音机旁听到过类似的故事,像他这样的逃兵会被毫不留情地枪毙在鲜花遍地的田野里。现在的他只剩下酒吧和吉赛尔,如此简单,如此纯粹。

直到有一天,大概是一个周三,当时已经到了傍晚,一个漂亮的女孩走了进来,奥托从未见过如此美丽的女孩。她穿着尼龙袜子,对着酒保微笑了一下,那笑容是那么熟悉。奥托终于认出来了。她独自一人走到后面的桌子旁坐了下来。吧台上的奥托喝完手里的酒,推开杯子,径直走到她面前。

老天,他说,维妮。

你好,奥托。维妮站起来拥抱他,可他连胳膊都没动一下,像个孩子般垂着双臂,把头靠在维妮肩上。

你身上真是臭死了。维妮说。

我知道,奥托说,你闻起来真香。

我知道。她说。

然后,两个人隔着桌子坐下,维妮端了一杯红酒,奥托什么也没喝。他们都以为你死了,她说,死在海边某个地方。

我还不如死了算了。

不许乱说,你知道的。别傻了,奥托。

他们以为你也死了。

咱俩情况不一样。

他们已经寄信了吗？给妈妈寄信了吗？

还没有。因为人太多，有些积压。

你怎么知道我没死？死了？

我的工作就是要了解这些情况。我会四处打听的。

你认识吉赛尔？

当然，这也是她的工作。

哦。那，那你还好吗？

现在的我真是棒极了，奥托。这比我想象中的还要好。不过你可不怎么样。

他们在家里很担心你，非常担心。

不需要。你可以告诉他们。其他就不用多说了。不管怎么说，有些事情只需要你一个人担心就够了。吉赛尔很快就要走了，她手头积压了不少案子，她本不应该和你待那么久的……她走以后你要睡哪里呢？

她没跟我说她要走。

很多东西她是不会说的。你听我说，我可以让你没事，让你安然无恙地回去。

我觉得我做不到。

你能做到。

我不知道。

你能做到。不会很久的。

好。

好？

好。谢谢你，维妮。

她把手伸到桌子下面，用力握了握奥托的手。天啊，奥托，她说，不过这是当然的。

那天晚上，奥托从吉赛尔床边的桌子上找到了一支笔，又从口袋里掏出几张餐巾纸，他提笔写道：

亲爱的埃塔：

他在信里提到了行军，唱歌，驻扎，那个早晨，还有大海，轮船，拥挤的人们，海水，受伤的耳朵，海水，欧文，海水，海水，无边无尽的海水。

埃塔慢慢地脱掉工作服，先抽出胳膊，然后再缓缓地褪到脚边。身上沾满了厂里的粗沙，袜子，脚踝，手腕，手心，已经被磨得发红。她抬头向窗外看了一眼，拉塞尔已经骑着马走上了小道。时间还早。

到了院子里，他没有下马，依旧坐在马鞍上等待埃塔。埃塔收拾完盘子，又把头发向后束好，换上靴子。你真的不想进来吗？她对着门口喊道，要不进来喝点儿咖啡吧？

不用了，谢谢你。拉塞尔回绝了她的好意。

他总是来得很早，但从未走进过埃塔的房间。

埃塔有两件跳舞穿的裙子，一件绿色，一件蓝色。今晚她穿的是颜色较深的绿裙子，带着褶皱的裙摆蓬蓬的。当她要跳上马时，一不小心摔倒在了地上。着地的瞬间，她突然感到小腹一阵剧痛。

你怎么了？拉塞尔问道。

埃塔深吸一口气，强忍着说：我没事，走吧。

舞会结束后，埃塔和拉塞尔一起朝拴马的地方走去。已经过了十一点，大家都纷纷散去，有的回城里，有的去停车或拴马的地方。拉塞尔手里拿着帽子，由于担心别人牵错马，他一直把马拴在一个较远的地方。

一般情况下，总是拉塞尔走得慢，埃塔会时不时地停下来等他。可今天埃塔完全跟不上拉塞尔的步子，每走两步她就要停下来深吸一口气，然后再走两步，停下来，吸气。

埃塔，拉塞尔问道，你真的没事吗？

我不知道。埃塔说。

这时，他们走到了一排房子后面，四周漆黑一片，旁边就是一块块田地。埃塔停下脚步，蹲了下来，双手撑在地上，大口喘着粗气。

好了，拉塞尔说，好，好，好，我去把马牵过来，你在这里等我。我会尽快的，好吗？

埃塔没有说话，只是不停地吸气，吸气，然后点点头。

她痛苦地闭上眼睛，耳朵倾听着拉塞尔的脚步声，越来越远，直到听不到。大概十秒之后，她双手用力一撑，站了起来，然后气喘吁吁地走两步，停下来，走两步，停下来，最后走到一栋黑乎乎的房子后面的树篱笆前。她拨开僵硬干燥的树枝，双手紧抓裙摆，慢慢走到里面。树丛很密，从外面根本看不到她。她又蹲了下来，双手紧贴在冰凉潮湿的土地上。她感到全身上下，从胸部到大腿都在悸动，在痉挛，每一寸肌肉和骨头都被用力挤压着，她只能不停地蜷缩，直到最后缩成一团，头也挨到了地上。茂密的树丛和篱笆中间只有一点点空隙，刚好够她藏身。她的太阳穴紧贴着地，那种凉飕飕的，软软的，一动不动的感觉真是不错。她算了一下时间，一，二，三，四，五，六，七，差不多八周了。将近八周，五十五天，她来来回回地数着，从第一天到第五十五天，再从第一天到第五十五天。每数一周，她就在脑海里折一下，删去一个名字，那些都是她自己想出来的名字，一个星期一个。原本灿烂、五颜六色的名单渐渐都变成了灰色。折一下，删一个。折一下，删一个。全身的血都在猛烈地向外冲着，没多久她的身下就湿了一大片。

几分钟后，她听到拉塞尔回来的声音，紧接着他从马上跳下来，一阵凌乱的脚步声。埃塔？埃塔？接着，他蹲下来寻找埃塔的脚印，膝盖里发出嘎吱嘎吱的声音。

再然后她听到马在路上一边徘徊一边轻嗅着，而拉塞尔已经拨开了树枝，他似乎倒吸了一口气。

冷静一下，拉塞尔，我没事。我没死。埃塔说，她的嘴唇上沾了不少湿漉漉的泥土。我只是肚子疼，想躺一下。

篱笆另一旁传来了马儿欢快的吃草声，看来它逛到了田里。

好，行，那你是想待在这里还是回家？

我们先在这里待一会儿吧。

好。

拉塞尔从篱笆里走出来，和马一起待在另一边静静地等待着。他用手轻抚着它的后背和两侧，一遍又一遍。直到马的身上被他擦得干干净净，一尘不染。他一边抚摸一边低声安慰它说：没关系的，没关系的。三十六分钟后，埃塔直起身子，透过树丛对他说，现在我们可以回家了。

你确定吗？拉塞尔问，他没有低头看她的裙子和腿。

我没事了，好了，已经好了。

到了埃塔家门口，拉塞尔把她放了下来。等到拉塞尔骑马离开后，她立刻把自己脱光，将所有的衣服都扔到水池里，内裤、裙子、袜子，所有的一切。池里的水变得通红，那些血迹根本洗不掉。晾干之后，所有的衣服依然血红血红的，她把它们连同一封写好但未寄给奥托的信一起塞进外面的一个钢桶里，然后点着了火。她站在一旁静静地看着，看着它们慢慢地变成一堆灰烬。

第二天，她收到了奥托的来信。

可惜信上全是一个又一个小洞，像窗户一般整齐地排列着。所以，整封信什么内容都没有。

接下来的两个星期他们没有去跳舞。

到了第十五个晚上，拉塞尔骑着马来到埃塔家。他甩了甩那条不方便的腿，慢慢从马上下来，然后把马拴到校舍旁边的树上。这一次他对着埃塔家敞开的大门喊道：埃塔，是我。今天我想进去一下。

穿着工装的埃塔走到门口，口袋里装着奥托的来信。

现在的情况是，他说，奥托不在这里，而我在这里。从今天开始，我每天都会在这里，就在这里。

埃塔走到屋外，关上了身后的大门。她伸出左手，说，这里。拉塞尔用右手握住它。你不能进去，埃塔说，不过我们可以待在这里，站在台阶上。

于是，两个人就这样站在台阶上，手握着手。然后，两个人都有些疲惫了，他们坐了下来，拉塞尔依然没有松手。他握得很紧很紧，埃塔感到一股股热血沿着每根手指冲向掌心，冲上手腕。不过她什么都没说。她在心里对自己说，这应该很疼，应该很疼。

拉塞尔离开后，她用另一只手慢慢地把依旧握在一起的手指一根根掰开，捋直。

第二天上班的时候，她不得不一遍又一遍地把已经麻木的指头向后掰，捋直。

这是她给奥托的回信：

奥托：
　　现在真的很难很难。我只能工作，等待，工作，等待，工作，等待，工作，等待，工作，等待，工作，等待。

第二天晚上，拉塞尔又来了。时间还早。他骑在马上，在院子里隔着十来米的距离对着埃塔喊道：你确定你想去跳舞吗？你身体可以吗?

是的,埃塔大声回答他,百分百确定。

这次他们以一种全新的方式跳舞。过去,即使埃塔很疲惫,她也会高高抬起头,看着拉塞尔的身后。但是今晚开始,她要把头倚在拉塞尔的肩上,倾听他的心跳声。

那天晚上,他们早早地离开了舞会。当走到停车场和他们拴马的地方之间的芥菜地时,两个人停下了脚步。埃塔吻上了拉塞尔的嘴唇,接着拉塞尔顺着埃塔的脸颊吻到脖子。埃塔抽出一只手找到裙子的拉链,另一只手则伸进包里摸到了裹在手帕里的鱼头骨,当它触碰到她那温暖的皮肤时,发出"哦,哦,哦"的声音。

埃塔下了车,沿着小道朝家里走去。她的脸上挂着掩饰不住的笑容,半小时后拉塞尔就会过来。

门口的台阶上躺着一封公函,信封是她熟悉的绿色。由于担心被风吹走,上面压着几块石头。刚开始她没注意到,差点踩到了上面。

她没有把它捡起来,而是坐在旁边,伸出手,就要触碰到的刹那却又把手缩了回来。她闭上眼睛,神色越来越严肃。

二十六分钟后,拉塞尔过来了,她依然一动不动地坐在台阶上。他跳下马,把马拴到过去学生带来的小狗喜欢聚集的那棵树上,然后满怀欣喜地朝埃塔走来。看到台阶上的那封信时,他顿时放慢了脚步。

你还没有把它打开。他说。

我不是他的妻子,她说,也不是他的家人,他们不应该把信寄给我。肯定弄错了。

拉塞尔挨着她坐了下来,靠近她的那只手一直伸着,等待她来牵。但她并没有伸手。今晚我还是想去跳舞,她说,如果你愿意的话。

我愿意。拉塞尔说。

你能不能把它捡起来放到屋里的桌子上,以防被风吹走?

拉塞尔越过埃塔,拨开石块,把信拿到手里,小石块顺着台阶向下滚去。他站起来,一瘸一拐地走上台阶,走进埃塔的房间。在放到桌子上之前,他把信封紧紧地贴在自己的胸膛上,一个巴掌形状的痕迹正好印在了名字和地址上。隔着信封,他感受到了自己的心跳,沉重而快速,快得可怕。

回到埃塔身旁时,他问道:你要换衣服吗?

不用了。埃塔说。

你饿不饿?

不饿,她拉过他的手,说,我们走吧。

今晚的舞场过去是肯纳思顿学校的体育馆。一切和之前没什么两样。还是那些人,那些歌曲,那些舞步。每到单号曲时,埃塔和拉塞尔就会跳起来,他们只和对方跳,不和别人交换舞伴。竖笛、小号、钢琴、鼓、小提琴的声音和脚踏在地板上的声音交织在一起。埃塔闭上眼睛仔细倾听,这样就可以摒除所有的烦忧。

舞会结束后,拉塞尔把埃塔送回家,自己骑在马上没有离开。我会一直待在这里,他说,你可以选择出来找我或不出来。

埃塔走进房间,关上了身后的大门。透过窗户,她看到拉塞尔的马正在低头吃蒲公英。她坐到桌子边,轻轻抚摸着密封的信封,然后低下头用力地闻着它的气息。里面的信纸被完美地折了三次。

18. 时光

此刻，奥托正透过疗养院的窗户向外看去，这里距离哈利法克斯港口五百九十九公里，距离萨省的戴维斯多特三千三百七十九公里。远处传来狼的嚎叫声，奥托竖起耳朵仔细倾听着。嚎叫声越来越大，越来越近，最后终于来到了窗外。先是清晰可见的粗糙皮毛，然后是三角形的脸，最后一股湿热温暖的气息扑面而来。他已经站到了窗下。

埃塔，他说，原来你在这里。

谁？

你看一下你的口袋，他说，外套左边的口袋。

奥托离开窗边，朝房间里看了看。靠在对面墙根的梳妆台上有一摞叠好的衣服，就在门旁。他走过去，从上到下，一件件地翻寻，内裤、文胸、紧身裤、连衣裙、毛衣、外套。他小心翼翼地把外套抽出来，然后把手伸到左边口袋里。一枚硬币，一个戒指，还有一张纸条。

看看那张纸条，埃塔。詹姆斯说。

他拿出纸条，慢慢地打开。纸已经磨损得不像样了，每道折痕上都布满了污垢。他走到窗边，借着外面的光亮读了起来：你是埃塔·格洛丽亚·肯尼科，来自鹿谷农场，到八月份满八十三岁。詹姆斯跟着埃塔一起念出声来：

家人：

玛尔塔·格洛丽亚·肯尼科，母亲，家庭主妇（已故）。

雷蒙德·彼得·肯尼科，父亲，编辑（已故）。

阿尔玛·加布里埃尔·肯尼科，姐姐，修女（已故）。

詹姆斯·彼得·肯尼科，侄子，孩子（未出生）。

奥托·沃格尔，丈夫，士兵/农民（健在）。

拉塞尔·帕尔默，朋友，农民/探险家（健在）。

埃塔·格洛丽亚·肯尼科。埃塔自言自语道。

埃塔，詹姆斯说，我们走吧。

埃塔脱掉长长的睡袍，穿上内裤、文胸、紧身裤、连衣裙、毛衣、外套和跑鞋，她找到自己的包和来复枪，把它们放到窗边，然后整理好床铺，把睡衣叠好放到床脚。她又把手伸到外套右边的口袋里，里面有一个鱼头骨。她用尖锐的那一端在窗户上画了一个正方形的洞。她爬到外面,把放在窗边的包和枪都带走了。

已经不远了,是不是?

可能需要两个星期。一点儿也不远。

奥托沉沉地睡了一觉,从下午六点一直睡到第二天早上十一点。他平躺在床上,睁开眼睛,把手放在左胸上,感受着心跳。不快,一切正常。我可以就这样躺在这里,他想,一直等到她回来。然后呢?然后我就起来,我们俩一起去花园布置防冻材料。或者我挪出一点儿地方,让她也躺下来。就这样思考了大约半个小时,他开始不停地咳嗽,心脏被震得怦怦直跳,身体也不断地发烫,他热得掀开被子,甚至连床单都觉得多余。便意也被震了出来。于是他从床上爬起来,换上睡袍,朝卫生间走去。水冲掉了他脸上的亚麻花粉末,他用湿漉漉的手理了理头发,让它们老老实实地趴在头皮上,然后对着镜子,在一片模糊中慢慢地把头发分好。

收拾好自己之后,他朝厨房走去,该来点儿咖啡了。他惊奇地发现卡西亚也在那里,燕麦正趴在她的膝盖上。

嗨,她对着奥托打了声招呼,声音听起来非常友好。

她不喜欢白天被弄醒。奥托说。

我知道,卡西亚解释说,我的动作很轻很轻,她还在睡觉呢,只不过是在我的膝盖上。

奥托低头看了看燕麦,她也正抬头看着他,两只前爪在黄色的灯芯绒裤子上抓来抓去。

好吧,奥托说,你怎么进来的?

我觉得你可能不会锁门,所以试了一下,确实没锁。妈妈让我把这些东西带来给你,她说你可能还在睡觉。所以我就在这里和燕麦玩，等你醒来。

桌子上又放了一个咖啡罐，里面插了两朵快要枯萎的亚麻花。

谢谢你，奥托说，你妈妈真是太好了。我希望这没有花费她太多——

别担心，她喜欢这些可以到外面去的借口。

到外面去？

她是这样说的。她说，我喜欢这些可以到外面去的借口。我也是。

你和她一起找的吗？

哦，不，我指的是来这里。到你院子里。

当然。你来多久了？

我不知道。我有手表，可是里面没有电池了。

是不是等得有些饿了？

可能吧。你这里有什么吃的？

最近主要是酱菜。

听起来真不错。

卡西亚把酱菜递到燕麦嘴边，她皱了皱眼睛和鼻子，躲到旁边。她不饿，卡西亚说。她小心翼翼地咬着酱菜，生怕把醋汁滴到天竺鼠的脑袋上。嗨，她一边吃一边说，你知道你的下一个作品该做什么吗？

不知道，奥托说，该做什么？

孩子，卡西亚说，比如，一个小男孩或小女孩。小孩子。

奥托的心脏再次怦怦跳个不停，他一阵猛咳，眼泪都咳出来了。他不得不坐下来，真的吗？平静下来之后。他问道。

当然。卡西亚笃定地说。

* * *

遇到维妮后的第二天清晨，吉赛尔早早地把奥托摇醒了。她穿着志愿救护队的护士服，头发向后高高扎起。如果要做的话，她说，我们必须现在就做。别睡觉了。她说这话时没有了平时带的口音。

好，奥托说。他先是坐起来，然后起身穿裤子，扣上衬衫的纽扣。好的，谢谢你。

用手捂住一边的耳朵，她说，就像还在耳鸣一样。

这是——

另一只手挽着我的胳膊，像这样，装作是我在带着你走。好，可以，就这样，我们走吧。

两个人就这样走进了晨曦中，奥托已经好久没有见到这样的阳光了。他们沿着街道走上林荫小道，然后继续向前，直到人行道和路上不再只有老妇人和孩子，而是多了各种国籍的男孩和男人，美国、英国、澳大利亚、法国、加拿大。有的挂着拐杖，有的眼睛上裹了绷带，有的没有了胳膊或腿或鼻子。人群中间还有一群女护士，她们都穿着和吉赛尔一样的衣服。吉赛尔旁若无人地带着奥托加入到他们的队伍中。大家都在朝一栋老旧的石头建筑走去。看起来很像是教堂。奥托说。

那可不是教堂。吉赛尔告诉他。

他们走上楼梯，来到正门口。吉赛尔对登记台前的女舍监飞快地点了点头,然后拉着奥托走过大厅,穿过一道道转门,最后来到一条长长的走廊里。106号房间,吉赛尔说,左手边。一个急转弯,他们走进一间房,里面整齐地摆了十张床,两边各五张,中间用窗帘隔开。床上都躺着人,有的睡了,有的醒着。只有右边第三张床还空着。请这边走,列兵沃格尔,她边说边把奥托带到床前,要我帮你把靴子脱掉吗?

哦,奥托赶紧说,不,我没事。他把胳膊从吉赛尔手臂中抽出,坐到床边。另一只手也从耳朵上拿掉。由于举的时间太长,手臂一阵酸麻。我自己可以。

在奥托脱鞋子的时候,吉赛尔帮他把衬衫解开。还有裤子,她说:你知道该怎么做。

在他们说话时,那些醒着的士兵各做各的事情,连看都没看他们一眼。

这里,快上来。吉赛尔一边说一边掀开床单。她把奥托脱下的衬衫、裤子叠整齐放好,又把他的靴子摆到床底下。然后她弯下腰,凑到奥托脸颊旁。再见,奥托,她说,你的确是我的最爱之一。床尾有个信封,里面装着你的表格。靴子里装着维妮给你的信。你真的是。

她又把身体向下探了探,快速而安静地吻上了奥托的嘴唇,准确地说,是嘴角。

告别仪式结束了,她直起身子,把床单拉上来盖到奥托的脖子处,接着,转过身径直向前走去。

吉赛尔离开后,奥托等了一会儿。他默默从一数到一百,再倒数回来。然后坐起身,伸手把床尾的信封拿过来。里面的表格和其他床上放着的没什么两样。姓名,军衔,部队,家乡,病情:严重耳膜破裂和心理冲击/创伤。邮戳上的时间是二十三天前。看完后,奥托把表格放回信封,又把手伸到床底下,在左靴子里摸到了维妮的信,一张被折成一点点大的纸片。那是一张旧火车票,从萨斯卡通到哈利法克斯。

维妮用黑笔在车票背后写着:

一切都办妥了。不久之后你就可以回家了。在那之前一定要照顾好自己。回家之后照顾好其他人。我喜欢埃塔。看到你很高兴,奥托。等一切结束之后我们再见面吧。

奥托把纸片按照原先的折痕叠好,又放回到靴子里。他躺到床上,在轻薄的被单下伸了伸腿,闭上眼睛,睡着了。

醒来时,他发现床前站着一个医生,旁边还有个护士。哦,好了,医生正在和护士说话,他要被转移。用西联电报发,那个最快。只要耳朵和头部没问题就可以出去了。一定要留心观察,到时候告诉我。说完之后,他转过身,弯下腰,对着奥托说,你好,沃格尔。

嗯？奥托在想自己要不要坐起来以表示礼貌。

你能不能给我们提供一个家里的地址？

奥托躺在床上不假思索地说：加拿大萨斯卡彻温省高夫兰茨，高夫兰茨学校教师宿舍。

19. 天空

　　埃塔和詹姆斯依旧在向东南方前行。风里夹杂着海的气息，闻起来咸咸的。

奥托把碗和勺子洗干净，又把桌子清理出一块地方。他倒出面粉和水，搅了搅，然后把剩下的报纸撕成了细长条。

拉塞尔坐在一家空旷的咖啡馆里,手里端着黑咖啡。一个比他还老的老头正用指甲在塑料台布上画着一条条虚线:先走这条路,然后走这条路,再走这条路,最后就到机场了。一个星期只有两架航班。

***

请站起来。护士说。

好的。奥托掀开被单,从床上下来站到地上。

好。你能走到最远的那面墙再回来吗?

我想可以,奥托说。他走到最远的那面墙,然后又走回来。

好的。能告诉我你的全名吗?

奥托·沃格尔。

没有中间名?

好吧。有时候是七。

七?

不要紧,就算是没有中间名。

好的。你能摸到自己的脚趾吗?

我觉得可以。奥托回答。他弯下腰,伸手够向双脚,他感到两只脚在朝自己逼近,一个后仰,他摔倒在床上。

好的,护士说,没关系。你能走到窗户边,告诉我你都看到了什么吗?

我不知道。奥托有些不自信了。

试一下吧。护士鼓励他。

奥托走向最近的窗户,旁边的床上躺着一个两眼缠着绷带的男孩。我看到天空了,奥托说,还有树梢和教堂的尖顶。

下面都有些什么？

不，奥托说，我看不到。

看不到？护士问道。

是的。

好的，护士说，没关系。你可以走回来了。如果你想坐的话就坐下来吧。

谢谢你。奥托说。

护士走到他的左边坐下，轻声问道：你能听到我说话吗？

能。奥托也轻声回答。

护士站起来走到他的右侧坐下，奥托感受到了她温热的呼吸，但什么都没听到。

好，护士站起来说，还算不错。

第二天，医生和护士一起来到他的床边。嗨，沃格尔，医生说，你有没有东西需要打包？除了这些衣服以外有没有其他私人物品？

没有。奥托说。

好，医生说，那就行。

护士把奥托送到火车站，她像吉赛尔那样挽着他的胳膊。如果声音太大，她说，记住像我这样做：她举起另一只手捂住耳朵，紧闭着眼睛，皱起眉头。

好的，谢谢你。奥托说。

在分手之前，她好奇地问道：你的头发一直都是这么白吗？

是的。奥托说。

奥托在车站的咖啡馆里买了一杯咖啡和一块三明治，然后站在站台上一边吃一边喝。一列列疾驰而过的火车带来阵阵凉风，感觉真是不错。他的火车将在二十分钟后到达，然后载着他一路向西。

信封里只有一张纸，上面只有三行字。没有洞，一个洞也没有。埃塔的手指一遍又一遍地抚摸着折痕，直到它们完全被压平。信上写着：

私密信件：奥托·沃格尔因伤遣返回家。

他将乘坐加拿大皇家海军新斯科舍号舰艇，抵达日期是九月十四日。

他要求我们通知你。

埃塔走到厨房的窗子前，把信压到玻璃上。拉塞尔拽住缰绳，把马从蒲公英旁拉开，来到窗外。他读完信，抬头看了看埃塔。透过玻璃看去，他的皮肤看起来坑坑洼洼，十分苍老。

哦。他说。

是的。她回答。

哦，谢天谢地。他说。

是的。她回答。

20. 永远

她听到了几公里之外的管弦乐声。她朝远处望了望,依稀看到不少彩旗和横幅。他们迫不及待地想见到你。詹姆斯说。

我要绕过去,埃塔说,等到回来的路上再见他们吧。

她沿着半岛的外缘朝前走着,一边是水,一边是一栋栋房屋的后墙。她听到乐队正在演奏《让我们快乐》,这和海浪声不太合拍。不过埃塔还是跟着低声哼着。

哈利法克斯真不错。詹姆斯说。

奥托摸了摸小女孩的头发，看看是否干透。

看起来已经干了。卡西亚说。

是的，没错，奥托说，已经完工了。

两个人小心翼翼地把雕像抬到院子里，奥托抬着肩膀，卡西亚拖着双脚。

我觉得就放在这里吧，卡西亚说，这样的话它是离房子最近的。

好的。奥托说。

他们把雕像摆放好，然后在门前的台阶上坐了下来。

这些雕像真是太棒了。卡西亚说。

谢谢你的夸奖。奥托说。

如果你去世了，能不能把它送给我？卡西亚问道。

可以。奥托说。

* * *

皇家新斯科舍号舰艇非常壮观。是不是很漂亮？奥托激动地问站在自己旁边的士兵，他的双臂下面夹着拐杖。

看起来和其他轮船没什么区别。士兵回答说。

虽然甲板上摇摇晃晃地很难站稳，但大部分时间奥托还是喜欢站在那里，双手紧抓着栏杆。凉爽潮湿的海风吹平了他的头发，慢慢地凝聚成一颗颗水珠顺着脖子滴下来。

埃塔取出了蓝色的裙子，熨烫平整，然后把头发梳得整整齐齐地披在肩膀上。由于没有新靴子，她只能把旧靴子拿出来。她擦着油，不停地擦啊擦啊，直到最后像新的一样，锃亮锃亮的。

终于来到了半岛的顶端。埃塔翻过防护栏,詹姆斯从下面钻过去。他们顺着扁平的灰色石床滑到海水里。

我就待在这里好了。詹姆斯回到石头上说,你小心点儿。

当然。埃塔说,她把包和枪放到詹姆斯旁边。

卡西亚回家之后，奥托把流理台上的盘子洗干净收好。他把亚麻花瓣摘了下来，一共六瓣。然后把它们都放进了臼子里。

* * *

　　奥托换了两趟火车，先是从哈利法克斯出发，接下来从里贾纳中转。他坐在窗边，面前的托盘里放着一封摊开的信。

　　只要记得呼吸。

　　上面只有这么一句话。